Hermann Hesse

Siddhartha

싯다르타 - 인도의 문학

1판 3쇄 발행 2023년 9월 13일
1판 2쇄 발행 2020년 9월 11일
1판 1쇄 발행 2013년 1월 11일

지은이 ㅣ 헤르만 헤세
옮긴이 ㅣ 박광자
발행인 ㅣ 신현부

발행처 ㅣ 부북스
주소 ㅣ 04613 서울시 중구 다산로29길 52-15(신당동), 301호
전화 ㅣ 02-2235-6041
팩스 ㅣ 02-2253-6042
이메일 ㅣ boobooks@naver.com

ISBN 978-89-93785-43-2   04080
ISBN 978-89-93785-07-4   (세트)

부클래식

033

싯다르타

인도의 문학

헤르만 헤세

박광자 옮김

차례

제1장

브라만의 아들 ········ 9

사마나들과 함께 ········ 24

고타마 ········ 39

각성 ········ 54

제2장

카말라 ········ 63

소인들과 함께 ········ 84

윤회 ········ 97

강가에서 ········ 109

뱃사공 ········ 126

아들 ········ 145

옴 ········ 160

고빈다 ········ 171

후기 ········ 189

제 1 부

브라만의 아들

브라만[1]의 아름다운 아들이자 젊은 매인 싯다르타는 집의 그늘 속에서, 배가 있는 강 언덕 위 햇살 속에서, 사라수[2]와 보리수 그늘 속에서, 친구이자 같은 브라만의 아들인 고빈다[3]와 함

1 여기서 브라만은 힌두 사회에서 최상의 계층인 사제 계층으로, 이들의 임무는 경전을 공부하고 가르치는 것, 종교 의식을 행하는 것이다. 이 경우 '아'를 길게 발음 하고 바라문(婆羅門)으로 표기하기도 한다. 브라만교는 불교보다 앞서 브라만 계급을 위주로 베다를 근거로 생성된 일종의 민속 종교로, 넓게는 힌두교에 속한다. 특정한 교조(教祖)를 갖고 있지 않다. 리그베다, 야주르베다, 사마베다, 아타르바베다의 4베다와, 베다의 주석 및 제사에 관한 규칙을 기록한 브라마나(梵書), 아란야카(森林書), 그리고 철학서인 우파니샤드(娛義書)등의 계시성전(啓示聖典)이 브라만교의 중심이다.
다른 한편 브라만은 브라만의 최고 원리, 신성한 에너지를 뜻하기도 하는데, 이 텍스트에서는 이 두 가지 의미의 브라만이라는 단어가 함께 사용되고 있다. 본 역서에서는 브라만의 원리, 에너지를 뜻하는 경우 '(汎)'으로 이중 표기를 했다.
2 沙羅樹 Shorea robusta. 쌍떡잎식물 이엽시과의 상록 교목으로, 붓다가 열반에 들 때 그 주변에 있었던 나무로 알려져 있다. 사라는 산스크리트의 살라(sala)에서 나온 말이며 '단단한 나무'라는 뜻이다. 현재 미얀마의 국화이다.
3 원래 의미는 소를 모는 사람, 목동의 뜻으로 힌두 철학에서 소의 신성함과 관

께 성장했다. 목욕 재계를 할 때, 성스런 제물을 올릴 때, 태양
은 강둑에 있는 그의 빛나는 어깨를 갈색으로 물들였다. 망고
숲에서 소년들끼리 노는 동안, 어머니가 노래를 부르고 성스런
제물을 올릴 때, 스승인 아버지의 가르침에 귀를 기울일 때, 현
자(賢者)들의 말씀에 어울릴 때, 그의 검은 두 눈에는 그늘이 흘
러들었다. 어느덧 싯다르타는 현자들과의 담화에 어울렸고, 고
빈다와 함께 토론했으며, 관찰의 기술과 명상에 빠져들었다. 벌
써 그는 단어 중의 단어인 옴[4]을 소리 없이 말하게 되었다. 숨을
들이 쉬며 그것을 안쪽으로 말했고, 영혼 전체를 집중하여 숨
을 내쉴 때 이마는 순수한 정신의 광채 빛을 발했다. 어느덧 그
는 우주와 일치하여 파괴될 수 없는 아트만[5]이 자신의 존재 깊
은 곳에 어떻게 자리 잡고 있는지를 알게 되었다.

지혜로우며 지식에 목마른 아들을 보니 아버지는 기쁨이

련하여 '깨우침을 주는 사람'의 의미이다.

4 옴(Om, AUM)은 진언 가운데 가장 위대한 것으로 여겨지고 있는 신성한 음
절로, 전 우주의 정수를 신비롭게 구현한다. a-u-m의 3가지 소리로 이루어진 '옴'
이라는 음절은 하늘, 땅, 대기의 삼계(三界)와, 힌두의 삼신(三神)인 브라마, 비슈,
시바와, 베다의 삼전(三典)인 리그, 야주르, 사마 등 세 가지 중요한 것들을 의미한
다.

5 아트만(Atman)의 원래 뜻은 숨 쉰다는 뜻으로, 숨 쉬는 생명인 아트만은 '나'
를 의미하며, 한자로는 아(我)로 표기된다. 힌두교에서는 아트만을 개인에 내재하
는 원리, 브라만을 우주의 궁극적 근원으로 설정하여 이 두 원리를 동일한 것(범
아일여, 梵我一如)으로 파악한다.

넘쳐났고, 아들이 앞으로 브라만 중에서 위대한 현자이자 사제, 수장이 될 것으로 생각했다.

어머니 역시 그가 걷거나 앉고 일어나는 것을 볼 때면, 건장하고 아름다운 아들 싯다르타가 늘씬한 다리로 걷고 완벽한 예의를 갖춰 자신에게 인사하는 것을 볼 때면, 기쁨이 용솟음쳤다.

싯다르타가 빛나는 이마, 왕과도 같은 눈, 늘씬한 몸매로 시내의 골목을 지나갈 때면 브라만의 젊은 딸들의 가슴은 연모의 정으로 설레었다.

하지만 이들 모두보다도 그를 사랑한 것은 고빈다, 친구이자 브라만의 아들이었다. 그는 싯다르타의 눈과 맑은 목소리를 사랑하였다. 그는 싯다르타의 걸음거리와 완벽한 기품을 갖춘 몸짓을 사랑했으며, 싯다르타가 말하고 행동하는 모든 것을 사랑하였다. 무엇보다도 그는 싯다르타의 지성, 고귀하고 뜨거운 사상, 강인한 의지, 높은 사명감을 사랑하였다. 고빈다는 잘 알고 있었다. 싯다르타는 결코 평범한 브라만이 되지 않으리라는 것, 게으른 제관, 주문을 외우는 탐욕스런 장사꾼, 허황되고 속이 빈 연설가, 사악하고 교활한 사제, 혹은 많은 떼거리 중 하나인 선할 뿐 어리석은 양이 되지 않으리라는 것을 알고 있었다. 아니다, 고빈다 역시 그런 사람, 만 명은 족히 되는 그런 브라만은 되고 싶지 않았다. 그는 사랑하는 친구, 멋진 친구 싯다르타를 따를 생각이었다. 언젠가 싯다르타가 신이 된다면, 그가 언젠가 빛을 발하는 사람에 속하게 된다면, 그 역시 친구, 동반자, 하인, 창을 드는 사람, 그림자로 싯다르타를 따를 생각이었다.

이렇게 모두들 싯다르타를 사랑했다. 그는 모든 사람들에게 기쁨을, 즐거움을 주었다.

하지만 싯다르타 그 자신은 아무런 기쁨도, 즐거움도 느끼지못했다. 무화과 정원의 장밋빛 길을 따라 걸으면서, 푸른 숲 그늘에 앉아 명상하면서, 매일 속죄의 목욕 재계를 하면서, 망고나무 숲의 짙은 그늘에서 빈틈없이 예의바른 몸가짐으로 제물을 올릴 때 모든 사람들의 사랑을 받았지만 그는 모든 기쁨 중에서 단 하나의 기쁨도 가슴 속에 느낄 수 없었다. 여러 가지 꿈들과 쉼 없는 생각들이 강물에서, 밤이면 반짝이는 별에서, 뜨겁게 내리 쬐는 햇볕에서 흘러들었다. 꿈들과 영혼의 불안이 제물(祭物)의 연기에서 피어올라와, 리그베다[6]의 구절에서 흘러나와, 연로한 브라만들의 가르침에서부터 흘러나와 그에게로 왔다.

싯다르타의 마음속에는 불만이 자라기 시작했다. 아버지의 사랑, 어머니의 사랑, 친구 고빈다의 사랑까지도 항상, 그리고

---

6 Rig Veda: 인도에서 가장 오래된 종교적 문헌으로, 브라만교의 근본경전인 4 베다(리그베다, 야주르베다, 사마베다, 아타르바베다) 중 첫째 문헌이다. 리그베다 상히타의 약칭으로서, 리그는 성가(聖歌), 베다는 경전(經典), 상히타는 경전의 집성(集成)을 뜻하는 말인데, 본집(本集)으로 한역(漢譯)되기도 한다.

영원히 그를 행복하게 하지 못하리라는 것, 그를 진정시키고 흡족하게 만족시키지 못하리라는 것을 느끼기 시작했다. 존경스런 아버지와 다른 스승들이, 현명한 브라만들이 이미 그들이 가진 지식 중에서 대부분을, 최고의 것을 그에게 다 전해 주었고 모든 지식을 그것을 기다리고 있는 그릇에 다 쏟아 부은 것 같은데 그릇은 채워지지 않았고, 지식은 미흡하고, 영혼은 불안하며, 마음은 채워지지 않는 것을 그는 느끼기 시작했다. 목욕 재계는 훌륭하지만 그것은 물일 뿐 죄를 씻어내지 못했다. 정신의 갈증을 치유하지도, 마음의 불안을 진정시키지도 못했다. 제물을 올리며 신들에게 간구하는 것은 멋진 일이었다. 하지만 그것들이 전부인가? 제물을 바치는 일이 행복을 가져다 주는가? 그리고 신들은 어떻게 되는가? 세상을 창조한 것이 정말로 프라야파티[7]인가? 세계를 창조한 유일한 것, 하나인 아트만이 아닐까? 신들 역시 나와 너처럼 피조물, 시간의 지배를 받는 무상한 존재가 아닐까? 신들에게 제물을 올리는 것이 훌륭한가, 의미 있고 가치 있는 행위일까? 그렇다면 그분, 유일한 것, 아트만 외에 다른 무엇에 제물을 올리고 섬긴다는 말인가? 바로 자아에, 가장 깊은 내면에, 각자가 가지고 있는 불멸의 것에 있는 것이 아니라면, 아트만은 어디에 있는가, 어디에 살고 있

---

7 Prajapati: 산스크리트어로 피조물의 왕이란 뜻으로 창조주이자 우주의 중심.

는가, 아트만의 영원한 심장은 어디에서 뛰고 있는가? 그러나 이 자아, 가장 내면적인 이것은 어디에 있는가? 그것은 살이나 뼈가 아니라고, 사상이나 의식이 아니라고 뛰어난 현자들은 가르쳤다. 그렇다면 대체 아트만은 어디에 있는가? 거기로 가는 길, 자아에게, 나에게, 아트만으로 가는 길을 찾아볼 다른 방도는 없는가? 아, 그런데 누구도 그 길을 가르쳐 주지 못했고, 아무도 그 길을 몰랐다. 아버지도, 스승이자 현자들도, 성스런 예불의 찬가도 마찬가지였다. 그들, 브라만과 그들의 경전은 모든 것을 알고 있다. 그들은 모든 것을 알고 있고, 모든 것에 관심을 둔다. 세계의 창조, 언어, 음식, 들이쉼과 내쉼이 생겨난 일, 감각의 체계, 신들의 행적 등 무한히 많은 것을 그들은 알고 있다. 하지만 만약에 단 하나 유일한 것을 모른다면, 만약에 제일 중요한 것, 중요한 하나를 모른다면 이 모든 것을 아는 것이 과연 가치 있는 일일까?

그렇다. 성스런 경전의 많은 구절, 특히 사마베다[8]의 우파니샤드[9]에 있는 훌륭한 구절들은 가장 심오하고 궁극적인 이것

---

8 Samaveda: 네 편의 베다 중에서 리그베다에 이은 두 번째 베다로 신에게 제사를 드릴 때 쓰이는 신에 대한 찬가로 다양한 운율이 특징적이다.
9 Upanisad: 원뜻은 사제 간에 '가까이 앉음'이라는 의미에서, 그 사이에서 전수되는 '신비한 가르침'의 뜻도 있다. 한 사람의 작가가 통일된 사상을 일정한 형식으로 서술한 것이 아니라 긴 세월에 걸쳐 편집, 정비된 것으로 전체로서의 통일은 결여되었다. 근본 사상은 대우주의 본체인 브라만(梵)과 개인의 본질인 아트만

에 관해 말하고 있다. 그 훌륭한 구절은 "네 마음이 세계 전부"라고 거기에 쓰여 있다. 인간이 잠잘 때, 깊은 잠을 잘 때 자신의 가장 깊은 심부에까지 침잠할 수 있으며 아트만 안에 기거하게 된다고 쓰여 있다. 이 구절에는 놀랄만한 지혜가 담겨져 있었다. 지혜로운 자들의 모든 지식이 마치 벌들이 모아온 꿀처럼 순수하게, 매혹적인 언어 속에 응집되어 있었다. 그렇다. 지혜로운 브라만 일족이 수 세대를 이어 오면서 모으고 보존해 온 깨달음의 엄청난 가치는 결코 가볍게 볼 수 없는 것이다. 하지만 이 심오한 지식을 단순히 아는 데 그치지 않고 그렇게 살았던 브라만은 어디에 있는가? 아트만 속에 들어있는 것을 잠에서 깨워서 깨어 있는 것으로, 삶으로, 걷고 뛰는 것으로, 말과 행동으로 바꾸어 놓은 전수자는 어디에 있는가? 싯다르타는 존경할만한 많은 브라만을 알고 있었다. 누구보다도 아버지를, 순결한 분, 학자, 최고로 존경할만한 분을 알고 있었다. 아버지는 경탄할만한 분이었다. 행동은 조용하고 고귀했다. 생활은 순결하고, 언행은 현명했다. 머리에는 고귀하고 품위 있는 사상이 깃들어 있었다. 하지만 그토록 많은 것을 아는 아버지는 행복하게 살면서 마음의 평화를 가지고 있을까, 아니면 아버지 역시 구도자, 목마른 사람에 불과한 것이 아닐까? 갈구하는 아버

(我)이 일체라고 하는 범아일여(梵我一如)의 사상이다.

지가 제물을 올리거나 경전을 읽거나 브라만들과 대화를 하는 것은, 항상 성스런 샘에서 목을 축여야만 하기 때문이 아닌가? 무엇 때문에, 아무런 흠도 없는 아버지가 매일 죄를 씻어야 하고, 매일 스스로를 정화시키려고 애써야하며, 매일 똑같은 그 일을 새삼스럽게 반복해야 하나? 그렇다면 아버지의 내면에 혹시 아트만이 존재하지 않는단 말인가? 근원의 샘물이 마음속에 흐르지 않는단 말인가? 우리는 이것, 자신의 자아 속에 있는 원천을 찾아내어 이것을 우리의 것으로 만들어야 한다. 그 밖에 것은 모두 우회로, 방황의 탐색에 불과하다.

이런 것이 싯다르타의 생각이었고, 이것이 그의 목마름, 그의 고뇌였다.

종종 그는 찬도기아 우파니샤드[10]의 구절을 암송했다. "진실로 말하건대 브라만[11]이라는 말은 사티암[12]이다. 참으로 이것을

---

10 Chandogya Upanishad: 10개의 우파니샤드 중 아홉 번째 노래로 신비스런 명상의 세계를 보여준다.

11 브라만은 여기서는 힌두교의 핵심 사상을 의미한다. 이것은 힌두교의 기본 교의로서, 우주의 근본적 원리를 의미한다. 아트만이 인격적 원리라면 브라만은 중성적 원리라 할 수 있다. 브라만은 원래 리그베다에서 찬미가 또는 제사(祭詞)를 가리키는 말이었으나, 브라만 계급에 의해 제사 만능 시대가 되자 거기에 간직된 신비한 힘으로 간주되었다. 브라만은 남성적인 인격신 브라흐마(Brahma, 梵天)로 인격화되었다.

12 Satyam: 진리 중의 진리

아는 자는 날마다 천상의 세계로 들어간다." 그 천상의 세계가 가까워지는 것처럼 보일 때가 가끔 있지만 그는 한 번도 거기에 완벽하게 도달한 적이, 궁극적인 갈증을 해소한 적이 없었다. 그리고 그가 알고 있거나 가르침을 받고 있는 현자들 중에서 어느 누구도, 극히 지혜로운 현자들까지도 그 천상의 세계에 완전히 도달하여 영원한 목마름을 완전히 해소한 사람은 아무도 없었다.

"고빈다," 싯다르타가 친구에게 말했다, "고빈다, 친구여, 나와 함께 반얀나무[13] 아래로 가서 명상을 하자."

그들은 반얀나무로 가서 앉았다. 이쪽엔 싯다르타가, 스무 발자국 떨어진 곳엔 고빈다가 앉았다. 앉아서 옴을 소리 낼 준비를 하고 싯다르타는 시구를 반복해서 웅얼거렸다.

"옴은 활이요, 화살은 마음이다.

브라만[14]이 화살의 과녁이니,

그것을 확고하게 맞춰야 한다."

일상적인 명상 시간이 끝나자 고빈다는 일어났다. 저녁 시간이 되었다. 저녁의 목욕 재계를 할 시간이었다. 고빈다는 싯다르타

---

13 보리수의 일종.
14 여기서는 우주의 근본 원리.

의 이름을 불렀다. 싯다르타는 대답이 없었다. 명상에 잠겨 있는 중이었다. 두 눈은 아득히 먼 한 곳에 고정되어 있고 이 사이로 혀끝이 살짝 나와 있었다. 싯다르타는 마치 호흡을 하지 않는 것처럼 보였다. 그렇게 싯다르타는 옴을 생각하면서 화살처럼 자신의 영혼을 과녁인 브라만을 향한 채 명상에 잠겨 앉아 있었다.

어느 날 사마나[15]들이 싯다르타가 살고 있는 거리에 나타났다. 순례하는 금욕자인 그들 세 사람은 바싹 말라 거의 꺼질 것 같은 모습이었다. 나이는 알 수 없고, 어깨에는 먼지와 피가 쌓이고, 거의 헐벗고 햇빛에 그을고 고독에 휩싸여 세상에 대해 낯설고 적대적이며, 인간의 세계에서 이방인, 앙상한 재칼처럼 보이는 사마나들이었다. 그들의 주위에는 소리 없는 열정과, 몰아적인 헌신과 가차 없는 자기 부정의 향기가 났다.

저녁에 명상의 시간이 끝난 뒤 싯다르타가 고빈다에게 말했다. "친구, 내일 새벽에 싯다르타는 사마나들에게 가려고 해. 싯다르타는 사마나가 될 생각이야."

고빈다가 그 말을 들었을 때, 확고부동한 친구의 얼굴에서 마치 시위를 떠난 화살처럼 흔들림 없는 결의를 보았을 때 그

---

15 Samana: 산스크리트어로 Sharmana로 자신의 생활을 스스로 해결하며 수도하는 탁발승. 기원전 6세기부터 존재한 것으로 알려져 있다.

는 얼굴이 하얘졌다. 그러나 동시에 한눈에 그는 다음과 같은 사실을 깨달았다. 이제 시작된다는 것, 싯다르타가 이제 그의 길을 갈 것이며 그의 운명이 싹트기 시작했고, 그의 운명과 함께 자신의 운명도 싹을 틔우기 시작했음을 깨달았다. 그래서 그는 마른 바나나 껍질처럼 하얘졌다.

"싯다르타," 그가 소리쳤다. "자네 아버지가 그것을 허락하실까?"

싯다르타는 막 각성한 사람처럼 고빈다를 바라보았다. 순식간에 그는 고빈다의 마음을 꿰뚫어 보았다. 친구의 불안과 의존하려는 마음을 꿰뚫어 보았다.

"고빈다," 그가 나지막이 말했다. "쓸모없는 말은 하지 말자. 내일 동이 트면 나는 사마나의 생활을 시작할 거야. 그 이야기는 더 이상 하지 말자."

싯다르타는 아버지의 방으로 들어갔다. 아버지는 돗자리에 앉아 있었다. 싯다르타는 아버지의 등 뒤로 다가가서 아버지가 인기척을 느낄 때까지 서 있었다. 브라만인 아버지가 말했다. "싯다르타 아니냐? 무슨 말을 하러 왔는지 어서 말해 보거라."

싯다르타가 대답했다. "아버지, 허락을 받으러 온 것입니다. 내일 집을 떠나 수행자들한테 가고 싶다는 말씀을 드리러 왔습니다. 사마나가 되는 것이 제 간절한 소원입니다. 제 소원을 꺾지 않으시면 좋겠습니다."

브라만인 아버지는 아무런 말도 하지 않았는데, 침묵은 조그만 창문 밖으로 보이던 별들이 움직여서 그 별자리를 바꿀 때까지 오랫동안 계속되었다. 아들은 아무 말없이 꼼짝도 하지 않고 팔짱을 낀 채 서 있었고, 아버지는 아무 말없이 꼼짝도 하지않고 돗자리에 앉아 있었다. 별들은 하늘에서 제 길을 가고 있었다. 마침내 아버지가 입을 열었다. "격하고 화난 말을 입에 올리는 것은 브라만이 할 일이 아니다. 하지만 불쾌한 마음이 내 마음을 흔드는구나. 네가 그런 말을 입에 올리는 것을 두 번 다시 듣고 싶지 않다."

아버지는 천천히 일어났고 싯다르타는 팔짱을 낀 채 묵묵히 서 있었다.

"왜 기다리느냐?" 아버지가 물었다.

싯다르타가 대답했다. "아버지께서 왜 그런지 알고 계십니다."

언짢은 마음으로 아버지는 방에서 나갔고, 언짢아하면서 잠자리로 돌아가 누웠다.

한 시간이 지나도 잠이 오지 않자 아버지는 일어나 이리저리 서성대다가 집에서 나왔다. 방의 작은 창으로 안을 들여다보니 싯다르타가 팔짱을 낀 채 꼼짝도 하지 않고 서 있는 것이 보였다. 그의 밝은빛 상의가 흐릿하게 빛을 발하고 있었다. 마음이 불안한 채 아버지는 잠자리로 되돌아 왔다.

한 시간이 지나도 잠이 오지 않자 브라만은 다시 일어나 서성이다가 집을 나와서 달이 떠 있는 것을 바라보았다. 창으로 들여다보니 방에는 싯다르타가 꼼짝도 않고 팔짱을 낀 채 서 있었는데, 드러난 그의 종아리에 달빛이 비치고 있었다. 근심스런 마음으로 아버지는 다시 잠자리로 돌아왔다.

한 시간 뒤에 아버지는 다시 가 보고, 두 시간 뒤에도 가 보았다. 작은 창을 통해서 그는 싯다르타가 처음에는 달빛 속에, 그 뒤에는 별빛 속에, 그 다음에는 어둠 속에 서 있는 것을 보았다. 아버지는 매 시간 소리 없이 방 안을 들여다보면서 꼼짝 않고 서 있는 아들을 바라보았다. 아버지의 마음은 처음에는 분노로 가득했지만 뒤에는 불안으로, 그 뒤에는 두려움으로, 마지막에는 슬픔으로 가득했다.

결국 밤의 마지막, 낮이 밝기 전 그는 다시 돌아가 방으로 들어갔고 젊은 아들이 서 있는 것을 보았다. 아들은 크고 낯설게도 보였다.

"싯다르타," 그가 말했다, "왜 기다리고 있느냐?"

"왜 그러는지 아버지는 아십니다."

"너는 날이 밝도록, 정오가 되고 저녁이 되도록 그렇게 서서 기다릴 것이냐?"

"저는 서서 기다릴 것입니다."

"너는 지칠 것이다, 싯다르타."

"저는 지칠 것입니다."

"너는 잠이 들것이다, 싯다르타."

"저는 잠들지 않을 것입니다."

"너는 죽을 것이다, 싯다르타."

"저는 죽을 것입니다."

"그럼 너는 아비에게 복종하느니 차라리 죽겠다는 것이냐?"

"싯다르타는 항상 아버지에게 복종했습니다."

"그러니 네 계획을 포기하겠느냐?"

"싯다르타는 아버지께서 말씀 하시는 대로 하겠습니다."

아침의 첫 햇살이 방 안으로 들어왔다. 브라만은 아들의 무릎이 살짝 떨리는 것을 보았다. 하지만 싯다르타의 얼굴에는 아무런 동요도 없었다. 그의 두 눈은 아득한 것을 응시하고 있었다. 그때 아버지는 깨달았다. 싯다르타가 자신의 곁에, 집에 머물지 않으리라는 것, 그가 이미 자신을 떠났다는 것을 깨달았다.

아버지가 싯다르타의 어깨에 손을 얹었다.

"숲으로 가서 사마나가 되거라," 그가 말했다, "숲에서 열락을 얻으면 나에게도 가르쳐다오. 실망하거든 돌아와라. 우리 함께 신들을 섬기기로 하자. 가서 어머니에게 키스하고, 네가 가는 곳을 말하도록 해라. 나는 강에 가서 목욕재계할 시간이 되었다."

그는 아들의 어깨에서 손을 떼고 밖으로 나갔다. 걸으려고 하자 싯다르타는 한쪽으로 비틀거렸다. 그는 가까스로 사지를 지탱하고 아버지에게 인사를 한 뒤에 어머니에게 가서 아버지가 말한 대로 했다.

첫 아침 햇살을 받으면서 싯다르타가 굳은 다리로 아직 조용한 도시를 천천히 떠나려고 할 때 도시의 끝에 위치만 오두막 옆에서 거기 웅크리고 있던 그림자 하나가 일어나 순례자인 그에게 합류했는데 그것은 고빈다였다.

"자네도 왔구나," 싯다르타가 말하면서 미소를 보냈다. "나도 왔어,"라고 고빈다가 말했다.

사마나들과 함께

그날 저녁에 그들은 헐벗은 사마나인 수행자들을 따라가 동행하면서 순종하겠노라고 말했다. 두 사람은 받아들여졌다.

싯다르타는 길에서 어느 가난한 브라만에게 자신의 옷을 주었다. 그는 이제 아래만 가린 채 꿰매지 않은 흙빛 천을 두르고 있을 뿐이었다. 그는 하루에 한 번만 식사를 했고 익힌 음식은 먹지 않았다. 그는 십사 일 동안 단식을 했다. 이십팔 일 단식도 했다. 허벅지와 뺨에는 살이 빠졌다. 커진 두 눈에는 뜨거운 꿈이 비쳤고, 앙상한 손가락에는 손톱이 길게 자랐고, 턱에는 수염이 거칠고 더부룩하게 자랐다. 여자들과 마주칠 때면 그의 시선은 얼음처럼 차가웠고, 호화롭게 치장한 사람들에 섞여 도시를 지날 때면 그의 입은 경멸의 감정으로 일그러졌다. 그는 상인들이 장사하는 것을, 귀족들이 사냥 나가는 것을, 상을 당한 사람들이 죽은 자를 애통해하는 것을, 창녀들이 몸을 파는 것을, 의사들이 환자를 고치려고 애쓰는 것을, 사제들이

파종의 날짜를 맞추는 것을, 연인들이 서로 사랑하는 것을, 어머니들이 자식에게 젖을 주는 것을 보았다. 하지만 그에게는 모든 것이 거들떠 볼 가치가 없는 것이었다. 모든 것은 기만이고, 모든 것에 거짓의 악취가 났다. 모든 것이 의미 있고 행복하고 아름다워 보였지만 실은 어쩔 수 없이 부패할 것에 불과했다. 세상은 쓴 맛이었다. 삶은 고통이었다.

싯다르타의 앞에는 하나의 목표가 있었으니, 비우는 것, 갈증으로부터 비우는 것, 소원으로부터, 꿈으로부터, 기쁨과 슬픔으로부터 비우는 것이었다. 자아를 죽이는 것, 자아에서 벗어나는 것, 텅 빈 마음으로 평화를 찾는 것, 자아를 초월한 명상 가운데서 기적과 마주하는 것, 그것이 그의 목표였다. 자아 일체를 극복하고 없앨 때, 가슴 속의 모든 욕망과 충동이 침묵할 때에야 최후의 것, 가장 깊은 본질, 자아를 초월한 것, 위대한 비밀이 깨어날 것이다.

수직으로 쏟아지는 뜨거운 햇살을 받으며 싯다르타는 묵묵히 서 있었다. 고통에 온 몸이 달아오르고 갈증에 달아올랐지만, 고통도 갈증도 더 이상 느낄 수 없을 때까지 그대로 서 있었다. 비가 계속 내려도 묵묵히 서 있었는데, 빗물이 머리에서 굳어가는 어깨와 허리, 다리로 흘러 내렸지만 고해자는 어깨와 허리의 차가운 감각이 없어질 때까지, 어깨와 허리가 침묵하며 조용해질 때까지 서 있었다. 싯다르타는 묵묵히 가시덤불 속에 앉아 있기도 했는데 화끈거리는 피부에서는 피가 흐르고 상처에서는 고름이 흘러내렸지만 그는 피가 더 이상 흐르지 않고 더 이상 찌르지도, 화끈거리지도 않을 때까지 꼼작도 하지 않고 앉아 있었다.

싯다르타는 정좌를 하고 호흡을 줄이는 법을 배웠고, 호흡을 거의 하지 않고 견디는 법을 배웠고, 호흡을 완전히 멈추는 것도 배웠다. 그는 숨을 들이 마시면서 심장의 박동을 진정시키는 것, 심장의 박동을 줄이는 것을 배워 마침내 박동이 거의 없는, 멈춘 경지에까지 이르게 되었다.

사마나들 가운데 제일 연로한 분의 가르침을 받아 싯다르타는 사마나들의 규칙에 따라 스스로를 넘어서는 것을 배우고, 명상하는 것을 배웠다. 왜가리 한 마리가 대나무 숲 위를 날아가면 싯다르타는 왜가리를 자신의 영혼 속에 받아들여, 숲과 산 위를 나는 한 마리 왜가리가 되어 물고기를 잡아먹고 왜가리의 굶주림을 겪고, 왜가리의 울음소리를 내고 왜가리의 죽음을 체험했다. 죽은 재칼 한 마리가 모래 해변에 쓰러져 있었다. 싯다르타의 영혼은 그 재칼의 시체 속으로 들어가 죽은 재칼이 되어 해변에 누었고, 몸이 부풀어 올라 악취를 풍기면서 부패해갔다. 그러다가 하이에나한테 토막이 나고, 독수리한테 껍질이 벗겨지고 뼈만 남았다가, 먼지가 되어 벌판으로 흩날렸다. 그런 다음 싯다르타의 영혼은 되돌아와 죽어 썩어서 먼지가 되어 윤회의 고통스러운 과정을 맛보았다. 그는 새로운 기대감으로 마치 사냥꾼처럼 이 윤회에서 빠져나올 수 있는 지점, 인과응보가 끝나고 고통 없는 영겁이 시작될 그런 틈에서 기다렸다. 그는 자신의 감각을 죽이고 기억을 죽였다. 그는 자아로부터 빠져나와 수천의 낯선 형상 속으로 들어갔다. 그는 짐승이 되었고, 썩은 고기가 되고 돌이 되고 목재가 되고 물도 되었다. 그런데도 매번 깨어나 다시 자신으로 되돌아 왔다. 해, 아니면 달이 빛나고 있었고, 그는 다시 자아로, 윤회로 되돌아와 갈증을 느끼고, 갈증을 극복하고, 새로운 갈증을 느꼈다.

사마나들과 함께 지내면서 싯다르타는 많은 것을 배웠고, 자아로부터 벗어나는 많은 방법도 배웠다. 고통을 통해서, 스스로 괴로움을 감내함으로써 고통, 굶주림, 갈증, 피로, 권태를 극복함으로써 그는 자기 초탈의 길을 갔다. 참선을 통해서, 온갖 상(像)에 대한 마음을 비움으로써 그는 자기 초탈의 길을 갔다. 이런 저런 길을 가는 법을 배워서 수천 번 자아를 떠나 몇 시간, 혹은 며칠간 초자아의 경지에 머물기도 했다. 그런데 자아로부터 벗어나도 길의 종착지는 언제나 자아로 되돌아왔다. 싯다르타가 수천 번 자아로부터 도망해 무(無)에 머물러도, 짐승, 혹은 돌 속에 잠시 머물러도 결국 되돌아오는 것을 피할 도리가 없었고, 시간에서 빠져 나올 수도 없었다. 그는 결국 햇빛, 아니면 달빛, 그늘, 또는 빗속으로 돌아와 다시 자아, 싯다르타가 되어 자신이 짊어질 윤회의 업보를 다시 느꼈다.

그의 곁에는 그림자인 고빈다가 있었다. 고빈다도 같은 길을 걸으며 같은 노력을 하고 있었다. 일과 수행에 필요한 경우를 제외하고 그들은 서로 별로 말이 없었다. 때로 그들은 자신과 스승의 양식을 얻기 위해 둘이서 마을을 돌아다닐 때가 있었다.

"고빈다, 어떻게 생각하니?" 그렇게 탁발을 나간 어느 날 싯다르타가 물었다. "어떻게 생각하지? 우리가 과연 많이 온 것일까? 목표에 도달한 것일까?"

고빈다가 대답했다. "우리는 배웠고 계속해서 배울 거야. 싯다르타, 자네는 위대한 사마나가 될 거야. 자네는 빠르게 수행을 배웠고, 연로한 사마나들께서는 종종 자네를 보고 경탄하셨어. 싯다르타, 자네는 언젠가 성인이 될 거야."

싯다르타가 말했다. "나는 그렇게 생각하지 않아. 친구, 지금까지 사마나들한테서 배운 것은 사실 더 빨리, 더 수월하게 배울 수도 있는 것이었어. 고빈다, 그것을 창녀들이 모인 거리의 술집이나 마부들, 주사위 노름꾼들한테서도 배울 수 있다는 생각이 들어."

고빈다가 말했다. "자네 나한테 농담을 하고 있군. 어떻게 침잠을, 호흡 멈추는 것을, 배고픔이나 고통에 대한 무감각을 그런 비천한 사람들한테서 배우지 않은 것이 후회스러운 것처럼 말할 수 있나?"

그러자 싯다르타가 혼잣말을 하듯 나지막하게 말했다. "침잠이 무엇인가? 육체를 떠난다는 것이 무엇인가? 단식이 무엇인가? 호흡을 멈추는 것이 무엇인가? 그것은 자아로부터 도주하는 것, 자아 현존의 고통에서 잠시 빠져 나오는 것이며, 인생의 고통과 무의미를 잠시 마비시키는 것이야. 이러한 도주, 잠시 동안의 마비는 주막의 소몰이꾼이라도 술 몇 잔, 발효된 야자유를 마실 때 똑같은 도피, 똑 같은 일시적 마비에 빠져들지. 그런 때면 자신을 잊고 생의 고뇌를 잊고 일시적인 마취에 빠지게 돼. 술잔을 놓고 졸고 있을 때 그 사람은 싯다르타나 고빈다가 오랜 수도를 통해 육신에서 벗어나 무아의 경지에서 발견하는 것과 같은 경지를 발견하는 것이야. 그런 거야, 고빈다."

고빈다가 말했다. "친구, 그렇게 말하지만 자네는 소몰이꾼이 아니고, 사마나가 결코 술꾼이 아니라는 것을 자네는 알고 있어. 술꾼은 몽롱하게 취해서 일시적인 도피와 휴식을 가질지 모르지만 결국에는 미몽에서 깨어나 모든 것이 전과 다름없다는 것을 알게 되지. 그는 과거보다 더 지혜로워지거나 지식을 쌓은 것이 아니고 단계가 높아진 것도 아니야."

그러자 싯다르타가 미소 지으며 말했다. "그건 나도 몰라. 한번도 술꾼인 적이 없으니까. 그렇지만 나, 싯다르타가 수행과 명상에서 단지 일시적인 마비만을 맛보았다는 것을 알아, 그건 마치 자궁 안에 있는 아이처럼 지혜와 구원과는 거리가 멀다는 것, 그것은 알고 있어, 고빈다, 나는 그것을 알고 있어." 다시 다음 기회에 마을에서 사마나들과 스승의 음식을 구하기 위해 싯다르타가 고빈다와 함께 산을 나오게 된 날 싯다르타가 입을 열어 이렇게 말했다. "고빈다, 어떻게 생각하지? 우리가 지금 올바른 길을 걷고 있다고 생각해? 우리는 정말 깨달음을 얻을 수 있는 것일까? 우리가 구원에 다가가고 있을까? 혹시 우리가 빙빙 돌고 있는 것은 아닐까? 스스로 윤회의 바퀴에서 벗어났다고 생각하면서 말이지."

고빈다가 말했다. "우리는 많은 것을 배웠어, 싯다르타. 그리고 아직도 배울 것이 많아. 우리는 빙빙 돌고 있는 것이 아니라 위로 올라가고 있는 중이야. 그 길은 나선형이거든. 우리는 이미 여러 단계를 올라왔어."

싯다르타가 대답했다. "자네는 우리의 연로한 사마나, 가장 존경스런 스승께서는 연세가 얼마나 된다고 생각하지?"

고빈다가 대답했다. "가장 연로한 분은 아마 예순은 되셨을 거야."

그러자 싯다르타가 말했다. "그분은 예순 나이에도 열반에 이르지 못했어. 일흔이 되고 여든이 되겠지. 그리고 자네와 나, 우리도 그처럼 나이가 들고 수행을 하고 단식을 하고 명상을 하겠지. 하지만 우리는 열반에 이르지 못할 거야. 스승도, 우리도 말이야. 고빈다, 이 세상의 모든 사마나들 가운데 아마 한 사람도, 단 한 사람도 열반에 이르지 못할 거라고 나는 생각해. 우리는 위안을 얻기도 하고 마취될 수도 있고 스스로를 속이는 기교도 배울 수는 있어. 하지만 본질적인 것, 길 중의 길을 찾지 못할 거야."

"그렇게 무서운 말을 하지 마, 싯다르타. 어떻게 공부를 한 그 많은 사람들 가운데서, 그 많은 브라만 중에서, 엄격하고 존경할만한 그 많은 사마나들 중에서, 구도하는 그 많은 사람들 중에서, 진심으로 전념하는 그 많은 사람들 중에서, 그 많은 성스런 사람들 중에서 어떻게 아무도 길 중의 길을 발견하지 못한다는 말인가?"

하지만 싯다르타는 나지막하고 약간의 슬픔과 약간의 비웃음이 담긴 목소리로 슬프게, 조소하듯 말했다. "고빈다, 곧 자네 친구는 오래도록 함께 걸어온 이 사마나의 길에서 떠날 거야. 나는 갈증으로 괴로워하고 있어, 고빈다. 이렇게 오래 사마나의 길을 걸어왔지만 나의 갈증은 조금도 채워지지 않았어. 나는 계속 깨달음에 목마르고, 계속 의문으로 가득해. 나는 매년 브라만에게 물었고, 매년 성스런 베다[16]에 물었어. 고빈다, 내가

16　Veda: 고대 인도를 기원으로 하는 많은 양의 신화적, 종교적, 철학적 문헌들을 가리키는 낱말이다. 산스크리트 문학에서 가장 오래된 것으로, 가장 오래된 힌두교 성전들을 이루고 있다. 베다, 베다서 또는 베다 문헌은 크게 삼히타, 브라마나, 아란야카, 우파니샤드, 수트라의 다섯 영역으로 분류된다.

코뿔소나 침팬지에게 물어보았어도 지금 정도는 되었을 거야, 지금만큼은 현명하고 성스러웠을 거야. 고빈다, 나는 사람이 아무것도 배울 수가 없다는 것을 배우기 위해서 오랜 시간을 허비했고, 아직도 그것을 계속하고 있어. 배움이라는 것은 사물의 본성에서는 존재하지 않는다고 생각해. 친구, 존재하는 것은 깨달음뿐인데, 그것은 어디에나 있어. 그것은 나의 내면과 자네의 내면, 그리고 모든 존재의 내면에 있는 아트만이야. 깨달음에 있어서 가장 못된 적수는 알려고 하는 것, 배우는 것이라고 나는 이제 믿게 되었어."

그러자 고빈다가 걸음을 멈추고 두 손을 들면서 말했다. "싯다르타, 그런 말로 자네 친구를 불안하게 만들지 말게. 정말이지 자네의 말은 내 가슴속에 불안을 일으키고 있어. 그리고 한번 생각해봐. 자네 말대로 배움이라는 것이 존재하지 않는다면 대체 기도의 성스러움은 어디로 가고, 브라만 계급의 권위는 어디로 가고, 사마나의 신성함은 어디로 간단 말인가? 싯다르타, 그렇다면 이 세상에서 신성하고 가치 있고 존중할 것이 대체 무엇이란 말인가?"

고빈다는 한 구절, 우파니샤드의 한 구절을 웅얼거렸다.

명상하는 정화된 정신으로 아트만 안으로 침잠한 자,
그의 마음속 기쁨을 말로는 이루다 표현할 수 없도다.

그러나 싯다르타는 침묵했다. 그는 고빈다가 한 말을 오래 생각하고 있었다. 그 말의 의미를 끝까지 생각하고 있었다.

그래, 고개를 숙이고 서서 그는 생각에 잠겼다. 우리에게 신성해 보이는 모든 것 중에서 과연 무엇이 남을까? 무엇이 남지? 무엇이 남아 있을까? 그는 고개를 저었다.

두 젊은이들이 사마나들과 함께 지내며 수행을 한 지 3년이 되는 어느 날 다양한 길과 우회로를 돌아 어떤 소식, 소문, 풍문이 그들에게 들려왔다. 고타마[17]라는 초월자, 붓다가 나타났는데, 세상의 번뇌를 초월하고 윤회의 바퀴를 멎게 한 분이라는 소문이었다. 그 사람은 가르침을 베풀면서 청년들에게 둘러싸여 나라를 돌아다닌다고 했다. 가진 것도, 고향도, 아내도 없이 고행자의 노란 가사를 걸쳤는데도 이마에서 빛을 발하는 복된 분이셨고, 그에게 브라만과 제후들이 절을 올리고 제자가 된다는 것이었다.

이런 풍문, 소문, 믿을 수 없는 말이 들려오고, 여기저기로 퍼졌다. 도시에서는 브라만들이, 숲에서는 사마나들이 이런 소

17　원래 붓다의 이름은 Siddhārtha Gautama로, Buddha는 각성한 사람이란 뜻이다. (오늘날 네팔에 속하는) 룸비니에서 563 BC, 혹은 623 BC에 출생하여 인도의 쿠쉬나가라에서 483 BC 혹은 543 BC년에 약 여든의 나이로 세상을 떠난 것으로 알려져 있다. 따라서 싯다르타와 붓다는 동일인이지만 헤세는 이를 동 시대의 두 사람으로 분리하였다.

문을 말했는데 고타마, 붓다의 이름은 젊은이들의 귀에 좋게, 나쁘게, 칭송 하거나 비방하는 말과 함께 계속 들려왔다.

마치 어느 지방에 페스트가 돌 때 말과 입김만으로 모든 전염병 환자를 고치는 어떤 사람, 현자, 예언자가 있다는 소문이 여기저기에 만들어지고 그 소문이 온 나라에 퍼져 누구나 그 사람에 관해 말하고, 어떤 사람은 믿고 어떤 사람은 의심하지만 한편으로는 사람들이 그 현자, 구세주를 찾아 길을 나서듯이 그 풍문, 즉 고타마, 붓다, 사키아[18] 가문의 현자에 관한 소문은 온 나라에 퍼져갔다. 그를 신봉하는 사람들은 그가 최고의 깨달음에 도달했고 전생을 기억하며 니르바나[19]에 이르렀고 다시는 윤회에 빠져 들지 않고, 다시는 현상계의 탁류에 휩쓸리지 않는다고 말했다. 그에 관한 수많은 놀랍고 믿기 힘든 말들이 떠돌았는데, 그가 기적을 행하고 악마를 이기고 신들과 대화를 한다는 것이었다. 하지만 적대자들이나 그를 신봉하지 않는 사람들은 고타마가 허황된 유혹자이고 편안하게 지내고 있

---

18 Sakya: 석가(釋迦). 석가모니 붓다의 성. 역사상 처음으로 나타나는 붓다는 석존(釋尊), 즉 석가모니이다. 아버지는 슛도다나, 어머니는 마야이고 싯다르타가 그의 속명(俗名)이다. 카필라 성 밖 룸비니(Lumbini) 동산에서 어머니의 오른쪽 옆구리에서 나왔다. 석가모니는 곧바로 말을 할 수 있었으며 그가 걸음을 걸을 때마다 땅 위에 연꽃이 피었다고 한다.

19 Nirwana: 열반, 산스크리트어에서 (촛불이 흔들림을 멈출 때처럼) 바람 등이 "불기를 멈추다" 혹은 (열정 등이) "사라지다"라는 뜻이다.

으며 제사를 경시하고 학식이 없고 수행도 금욕도 모르는 사람
이라고 말했다.

붓다에 관한 소문은 달콤하게 들려 왔는데, 그 이야기는 매
력이 있었다. 정말로 세상은 병들었고 인생은 고해였다. 그런데
보라, 여기에 샘이 솟는 것 같지 않은가. 위로하며 부드럽게 고
귀한 약속으로 가득한 복음이 울리고 있지 않은가. 붓다의 소
문이 들리는 도처에서, 인도 곳곳에서 젊은이들이 귀를 기울이
고 동경과 희망을 느꼈으며, 지존인 석가모니에 관한 지식을
가지고 오는 모든 순례자나 나그네는 도시나 마을에서 브라만
의 아들들의 환영을 받았다.

숲의 사마나들에게도 싯다르타와 고빈다에게도 이 풍문은
들려 왔다. 물방울처럼 드문드문 들려왔지만 물방울마다 희망
으로 가득하고, 의혹으로 가득했다. 그들은 그것에 관해 별로
입에 올리지 않았다. 사마나의 최고 어른이 이 풍문을 별로 달
가워하지 않은 때문이었다. 그는 붓다라는 사람이 전에 금욕자
로 숲에서 살다가 사치와 쾌락의 세계로 환속한 사람이라는 말
을 듣고 이 고타마라는 사람을 별로 인정하려 하지 않았다.

"싯다르타" 어느 날 고빈다가 친구에게 말했다. "어떤 브라
만이 나를 집에 초대해서 오늘 마을에 내려갔었어. 그 집에서

마가다[20]의 브라만의 아들을 만났는데 그가 붓다를 직접 눈으로 보고 그의 가르침을 귀로 들었다더군. 정말이지 나는 가슴속에서 열망했고 이렇게 생각했어. 나 역시, 아니 싯다르타 자네와 우리 둘이서 그 완성자의 입에서 나오는 가르침을 직접 들을 수 없을까! 말해 봐, 친구, 우리도 그리로 가서 가르침을 붓다의 입에서 들어보면 어떨까?"

싯다르타가 말했다. "고빈다, 나는 자네가 사마나들에게 남아 있을 것으로 항상 생각했어. 항상 생각하기를 예순, 일흔 살이 되도록 여기 남아 수행과 수도를 하여 사마나들의 자랑거리가 되는 것이 자네의 목표일 거라고 생각했어. 그런데 이런! 내가 고빈다를 잘 몰랐던 거야. 자네의 마음을 잘 몰랐던 거야. 내 소중한 내 친구, 그럼 자네는 새 길로 접어들어 붓다의 설법이 들리는 곳으로 갈 생각인가?"

고빈다가 말했다. "자네는 놀리기 좋아하는군. 설령 자네가 놀리기를 좋아한다고 해도, 싯다르타, 그래도 자네의 마음속에는 설법을 듣고자하는 욕구와 욕망이 있지 않은가! 그리고 언젠가 더 이상 사마나의 길을 걷지 않을 것이라고 나한테 말한 적이 있지 않은가?"

---

20 Magadha: 지금의 인도 북동부 비하르 주 중서부에 위치하고 있으며 BC 6세기 ~ AD 8세기에 걸쳐 큰 왕국의 중심이었다. 이곳의 수많은 유적지는 불교의 성지가 되어 있다.

그러자 목소리에 슬픔을, 냉소의 그림자를 드리운 채 싯다르타가 웃으며 말했다. "그래, 고빈다. 자네 말이 옳아. 자네의 기억이 맞아. 자네는 내가 했던 다른 말도 기억하고 있을 거야. 내가 가르침이나 배움에 대해 의혹을 품고 싫증을 느끼게 되었다는 것, 스승들이 전해주는 말씀에 대한 내 믿음이 적다고 말한 것 말일세. 그래, 친구, 나 역시 그 설법을 들어보기로 했어. 물론 내 마음에는 그 설법 중 가장 값진 열매는 이미 맛보았다는 생각이 있긴 하지만 말이야."

고빈다가 말했다. "자네에게 그럴 생각이 있다니 내 마음이 기뻐. 하지만 어떻게 그것이 가능한지 말해주게. 어떻게 들어보기도 전에 고타마의 설법 중에서 가장 값진 열매를 맛보았다는 것이지?"

싯다르타가 말했다. "우리 이 열매를 즐기고, 그 후에 그 다음 것을 기다리도록 하자, 고빈다. 우리가 고타마에게 감사하는 이 열매는 그가 우리를 사마나들 곁에서 떠나도록 우리를 부르는 것이야. 그가 우리에게 다른 더 값진 것을 줄 수 있을지 없을지는, 친구여, 우리 조용한 마음으로 기다려 보도록 하자."

바로 그날 싯다르타는 사마나의 최고 어른에게 떠나겠다는 결심을 말했다. 아랫사람, 제자의 본분에 합당한 예의와 겸손함을 갖춰 말했다. 하지만 사마나는 두 젊은이가 자기를 버리고 떠나려는 것에 화를 내며 큰 소리로 꾸짖었다.

고빈다는 놀라서 어쩔 줄을 몰랐지만 싯다르타는 고빈다의 귀에 대고 이렇게 속삭였다. "이제 이 노인에게 내가 그에게서 배운 것을 보여주겠다."

그는 사마나 앞으로 가까이 가 마음을 모으고 노인의 시선에 자신의 시선을 고정하여 그를 사로잡아 노인으로 하여금 입을 다물게 하고 의지를 잃게 하여 싯다르타의 의사에 따라, 그의 요구대로 소리 없이 복종하도록 만들었다. 노인은 벙어리가 되어, 눈은 굳어버리고 의지는 마비되고 팔은 힘없이 늘어져 무력하게 싯다르타의 마력에 따랐다. 싯다르타의 생각이 이 사마나를 지배하여 노 사마나는 싯다르타의 명령에 복종할 수밖에 없었다. 노인은 몇 번이나 고개 숙여 인사를 하고 축복의 몸짓을 하고 경건한 여행을 하라고 더듬더듬 말했다. 젊은이들은 아주 감사하며 절을 하고 아주 축원하며 인사를 하고 그곳을 떠났다.

도중에 고빈다가 말했다. "싯다르타, 자네는 사마나들한테서 내가 알기보다 한결 더 많은 것을 배웠어. 노 사마나를 마력으로 사로잡기는 어려운 일이지. 정말인데, 자네가 거기 그대로 머물러 있으면 물 위를 걷는 것도 쉽게 배울 거야."

"나는 물 위를 걷기를 바라지 않아." 싯다르타가 말했다. "노사마나들이나 그런 재주에 만족하라지."

고타마

도시 사바티[21]에서는 아이들까지 모두 지존 붓다의 이름을 알고 있었고, 말없이 구걸을 하는 고타마의 제자들에게 어느 집이든 기꺼이 탁발 그릇에 음식을 내주었다. 도시 가까이에는 고타마가 자주 머무는 제타바나[22] 사원(寺院)이 있었는데, 지존의 돈독한 숭배자인 아나타핀디카[23]라는 부유한 상인이 붓다와 그의 일행에게 선사한 것이었다.

고타마가 머무는 곳을 찾아가는 길에서 두 젊은 고행자가 들은 이야기와 대담은 모두 이 지역에 관한 것이었다. 사바티에 도착해서 문 앞에서 시주를 부탁한 첫 번째 집에서 그들은

---

21 Savathi: 현재는 네팔에 가까운 인도 북부의 도시로 붓다의 생존 시에는 인도에서 6대 도시에 들 정도로 큰 도시였다.

22 Jetanava: 기원정사라고도 하는데, 사바티 외곽에 위치하고 있으며 붓다가 가장 오랜 기간 머물면서 설법한 곳이다.

23 Anathapindika: 부호로 붓다의 가장 헌신적인 후원자이자 제자가 되었다 .

금방 먹을 것을 얻었다. 음식을 내주는 부인에게 싯다르타가 이렇게 물었다.

"마음씨 고운 분이여, 저희는 붓다, 그 지존하신 분께서 어디 계시는지 알고 싶습니다. 우리는 숲에서 온 사마나들로, 완성자인 그분을 직접 뵙고 가르침을 듣기 위해서 왔습니다."

부인이 말했다. "숲에서 오신 사마나들이여, 정말 제대로 찾아 오셨습니다. 세존께서는 아나타핀디카의 정원, 제타바나 사원에 계십니다. 순례자분들께서는 거기서 밤을 지낼 수 있을 것입니다. 그곳에는 그분께 직접 가르침을 듣기 위해 모여든 많은 사람들이 기거할 만한 자리가 충분하니까요."

그러자 고빈다는 기뻐했고, 기쁨에 넘쳐 소리쳤다. "좋습니다. 그럼 우리는 목표를 달성하고 우리의 길을 다 온 것입니다, 순례자들의 어머니시여, 말해 주십시오. 그분을, 붓다를 아십니까? 그분을 직접 뵌 적이 있나요?"

부인이 대답했다. "여러 번 나는 그분, 지존을 뵈었습니다. 여러 날 나는 그분이 노란 가사를 걸치고 말없이 거리를 걸어 가시는 것을, 집 앞에서 말없이 탁발을 내 놓으시는 것을, 그리고 음식이 담긴 그릇을 들고 그곳을 떠나시는 것을 보았습니다."

기쁨에 들떠 고빈다는 귀를 기울였고, 더 많은 것을 묻고 대답을 들으려고 했다. 하지만 싯다르타는 어서 길을 가자고 했다. 부인에게 감사의 인사를 하고 그들은 길을 떠났는데, 길은 물어볼 필요도 없었다. 적지 않은 순례자와 고타마 공동체의 승려들이 제타바나를 향해 가고 있었기 때문이었다. 그들은 밤에 도착했는데, 계속 새로 오는 사람들이 도착해서 잠자리를 구하고 받느라고 외치면서 말을 주고받고 있었다. 숲속 생활에 익숙한 두 사마나는 소리 없이 쉽사리 잠자리를 찾아 아침까지 쉬었다.

해가 뜨자 그들은 거기서 밤을 지낸 신자들과 호기심에 찬 사람들이 엄청난 무리인 것을 보고 깜짝 놀랐다. 아름다운 숲 속의 길마다 노란 가사를 걸친 승려들이 걷고 있었고, 여기저기 나무 밑에는 승려들이 앉아 명상하거나 종교에 관한 대화를 나누고 있었다. 녹음이 우거진 사원은 마치 사람들이 벌처럼 윙윙대는 수정 도시처럼 보였다. 대부분의 승려들은 하루 중 단 한 번의 끼니인 점심 식사를 얻기 위해 탁발을 들고 마을로 떠나 없었다. 각성자인 붓다 자신도 아침이면 공양을 구하러 나갔다.

싯다르타는 그를 보았다. 마치 어떤 신이 가리키는 듯 당장에 그를 알아보았다. 노란 가사를 걸치고 탁발을 손에 들고 말없이 걸어가는 수수한 남자, 붓다를 보았다.

"여기를 봐," 싯다르타가 고빈다에게 나직이 말했다. "여기 이분이 붓다이셔."

고빈다는 노란 가사를 걸친 그 승려를 주의 깊게 바라보았다. 그에게 다른 수백 명의 승려와 구별되는 점은 하나도 없어 보였다. 그런데도 고빈다 역시 그가 붓다라는 것을 당장에 알아보았다. 그들은 뒤를 따라가면서 그를 유심히 관찰했다.

붓다는 겸허하게 길을 걷고 있었는데, 깊은 생각에 잠긴 채 조용한 얼굴은 기쁨도 슬픔도 없이 내면을 향해 소리 없이 미소하는 것처럼 보였다. 숨겨진 미소를 띤 채 조용하고 평화롭게 건강한 아이처럼 붓다는 걸어가고 있었다. 다른 그의 승려들과 마찬가지로 옷자락을 걸치고 엄격한 계율에 따라 발을 내딛고 있었다. 그의 얼굴, 걸음, 차분히 숙인 시선, 차분히 늘어뜨린 팔, 차분히 내린 팔의 손가락 하나하나도 평화를 말하고, 완전함을 말하고 있었으며, 무엇을 추구하는 바 없이 영원한 안식 가운데, 영원한 빛 가운데, 범접할 수 없는 평화 가운데서 고요히 숨 쉬고 있었다.

고타마는 시주를 구하러 마을을 향해 가고 있었는데, 두 사마나는 완전하게 평온한 모습, 평화로운 자태로 그를 알아볼 수 있었다. 아무런 모색, 욕망, 모방, 애씀도 찾아볼 수 없이 오직 빛과 평화만이 감돌고 있었다. "오늘 우리는 그분의 입에서 가르침을 직접 듣게 될 거야." 고빈다가 말했다.

싯다르타는 대답하지 않았다. 그 역시 고빈다처럼 두세 사람 건너서 이미 여러 번 붓다의 가르침의 내용을 들었지만 가르침에는 별로 호기심이 없었고, 가르침이 새로운 것을 가르쳐 줄 것으로 생각지도 않았다. 하지만 싯다르타는 고타마의 머리, 어깨, 발, 조용히 내려트린 손을 바라보았다. 싯다르타에게는 그 손의 손가락 마디마디가 가르침으로 보였으며, 그것이 진리를 말하고 호흡하고 향기를 내고 빛나는 것 같았다. 이 사람, 붓다야말로 손가락 끝까지 참으로 진실한 사람이었다. 이 사람이야 말로 성스러웠다. 싯다르타는 지금까지 어느 누구도 이 사람만큼 존경한 적이 없었고, 어느 누구도 이 사람만큼 사랑해 본 적이 없었다.

두 사마나는 붓다를 따라 시내까지 갔다가 묵묵히 돌아왔는데, 그날은 음식을 거르기로 작정한 때문이었다. 그들은 고타마가 돌아오는 것을 보았고 제자들에게 둘러 싸여 식사하는 것을 보았는데 그가 먹는 음식은 사실 새조차 배부르게 할 수 없을 정도였다. 그러고 나서 그들은 그가 망고나무 숲의 그늘 속으로 물러나는 것을 보았다.

저녁이 되어 더위가 사라지자 거처에 있는 모두가 활기를 띄고 모여들어 붓다의 가르침에 귀를 기울였다. 그들은 그의 목소리를 들었는데, 목소리는 완벽하였고 평온하였고 평화가 가득했다. 고타마는 번뇌에 관해, 번뇌의 유래에 관해, 번뇌로부터 벗어 나는 길에 관해 가르침을 주었다. 그의 조용한 말은 잔잔하고 맑게 흘러갔다. 인생은 번뇌이며 이 세상은 온통 번뇌로 가득하지만 그 번뇌로부터 벗어나는 길이 있다는 것이었으며, 붓다의 길을 가는 자는 구원을 얻게 된다는 것이었다.

부드럽지만 확고한 목소리로 세존은 말했는데, 4성제(四聖諦)[24]를 가르쳤고 8정도(八正道)[25]를 가르쳤다. 참을성 있게 예를 들면서 반복하는 평범한 방식으로 가르쳤는데 그의 목소리는 한 줄기 빛처럼, 하늘에서 빛나는 한 개의 별처럼 이야기를 듣는 사람들의 머리 위에서 여운을 남기며 밝고 고요하게 떠다녔다.

벌써 밤이 되었고 붓다가 설법을 마치자 많은 순례자들이 앞으로 나아가 공동체에 입단을 신청하고 설법에 의탁했다. 고타마는 이렇게 말하면서 그들을 받아들였다. "그대들은 가르침

---

24 네 가지 신성한 진리로, 고제(苦諦: 고에 관한 진리), 집제(集諦: 고의 원인에 관한 진리), 멸제(滅諦: 고의 소멸, 열반에 관한 진리), 도제(道諦: 통찰, 깨달음으로 이끄는 여덟 가지의 성스러운 진리)를 이른다.

25 팔정도는 열반에 이르는 여덟 가지 수행으로 ① 정견(正見)-올바른 견해. 곧 사성제와 팔정도를 받아들임 ② 정사(正思)-올바른 마음가짐. 곧 감각적 쾌락 추구를 포기하고 다른 사람에게 악의를 품지 않음. ③ 정언(正言)-올바른 말. 곧 진실하고 유익 한 말만 함. ④ 정업(正業)-올바른 행동. 곧 살아있는 생명체를 죽이지 말고, 오직 내게 주어진 것만 취하고, 간음을 행치 않음. ⑤ 정명(正命)-올바른 생활. 곧 다른 사람을 해치지 않고 내 손으로 일해서 생계를 유지함. ⑥ 정정진(正精進)-올바른 노력. 곧 내 속의 악한 속성들을 막고, 바른 노력으로 매진함. ⑦ 정념(正念)-올바른 명상. 곧 나쁜 생각을 버림. ⑧ 정정(正定)-올바른 자기 몰입. 곧 깊은 명상에 들어가 사성제의 진리를 깨달음을 일컫는다.

을 잘 들었고 그것을 그대로 받아들였다. 이리로 와서 거룩한 길을 걸으며 모든 번뇌에서 벗어나도록 하자."

보라, 그러자 소심한 고빈다가 앞으로 나가 이렇게 말했다. "저도 세존에게, 당신의 가르침에 의탁하고자 합니다." 그는 제자가 될 것을 부탁하여 허락을 받았다.

밤의 휴식을 취하러 붓다가 돌아가자 고빈다가 싯다르타에게 간절히 말했다. "싯다르타, 자네를 비난하는 것은 아니야. 우리 두 사람은 함께 세존의 말씀을, 그분의 설법을 들었어. 고빈다는 그 가르침을 듣고 거기에 의탁했지. 그런데 사랑하는 친구, 자네는 왜 해탈의 길을 가려고 하지 않지? 주저하면서 좀더 기다려 볼 생각인가?"

고빈다의 말에 싯다르타는 잠에서 깨어나듯 눈을 떴다. 오래도록 그는 고빈다의 얼굴을 바라보았다. 그러고는 전혀 장난기 없는 음성으로 나직이 말했다. "내 친구, 고빈다, 이제 자네는 자네의 길을 내딛었고, 자네의 길을 선택했어. 고빈다, 자네는 항상 나의 친구였고, 항상 내 뒤를 따랐어. 자주 나는 이렇게 생각했어. 고빈다도 언젠가는 나와 헤어져서 혼자서 자신의 생각으로 발길을 내딛게 될까? 자, 그런데 자네는 이제 어른이 되어 스스로 자신의 길을 선택했어! 친구, 자네가 그 길을 끝까지 걸어가기를 바라네. 해탈에 이르기를 바라네!"

아직 제대로 이해하지 못한 고빈다는 초조한 어조로 되풀

이해서 물었다. "자, 친구, 부탁이니 말해 주게. 학식 많은 내 친구여, 세존 붓다에게 의지하는 길 외에는 다른 것은 없다고 말해주게."

싯다르타가 고빈다의 어깨에 손을 얹었다. "자네는 나의 축원을 흘려들었어, 고빈다. 다시 말하겠네. 자네가 그 길의 끝에까지 이르길 바라네. 해탈에 이르기를 바라네!"

그 순간 고빈다는 친구가 자신을 떠났다는 것을 깨닫고 울기 시작했다.

"싯다르타" 슬퍼하면서 그가 말했다.

싯다르타는 다정하게 그에게 말했다. "고빈다, 자네는 이제 붓다의 사마나라는 것을 잊지 말게! 자네는 고향과 부모를 버리고 가문과 재산을 버리고 자신의 욕망을 버리고 우정을 버렸어. 그것이 가르침의 뜻이고 세존의 뜻이야. 자네 자신이 그것을 원했어. 고빈다, 내일 아침 나는 자네를 떠날 거야."

친구들은 오랫동안 숲속을 거닐고 나서 오랫동안 잠자리에 누웠지만 잠을 이룰 수가 없었다. 계속 거듭해서 고빈다는 친구에게 왜 고타마의 가르침에 귀의할 수 없는지, 그 가르침에 무슨 결함이 있는지 말해달라고 졸랐다. 싯다르타는 매번 거절하면서 말했다. "걱정 말게, 고빈다. 세존의 가르침은 참으로 훌륭해. 거기에서 아무런 결함도 찾을 수 없네!"

새벽이 되자 연로한 승려 중의 한 사람인 붓다의 제자가 사원을 돌아다니면서 새로 붓다의 가르침에 귀의한 사람들을 불러 모아 노란 가사(袈裟)를 둘러 주고 그들에게 신분에 맞는 기본적인 가르침과 의무에 관해서 가르쳤다. 고빈다는 떨어져 나와서 젊은 날의 친구와 다시 한 번 포옹하고 신입자의 행렬에 합류했다.

하지만 싯다르타는 생각에 잠겨 숲속을 거닐었다.

그때 그는 세존 고타마를 만났다. 경의를 표하며 붓다에게 인사할 때 붓다의 시선이 선의와 평온으로 가득한 것을 보자 청년은 용기를 내어 말씀드릴 것이 있다고 허락을 구했다. 세존은 묵묵히 고개를 끄덕이며 허락했다.

싯다르타가 말했다. "세존이시여, 어제 저는 당신의 놀라운 가르침을 들을 기회를 가졌습니다. 가르침을 듣기 위해서 저는 친구와 함께 먼 곳에서 왔습니다. 이제 친구는 당신 곁에 머물며 당신에게 의탁하고자 합니다. 하지만 저는 다시 순례의 길을 떠나려고 합니다."

"뜻대로 하십시오." 세존이 공손하게 말했다.

"제 말이 너무 외람된 것 같습니다." 싯다르타가 말했다. "하지만 세존께 저의 생각을 솔직하게 말씀드리지 않고는 떠날 수가 없습니다. 세존께서 잠시 제 말을 들어주시겠습니까?"

붓다는 묵묵히 고개를 끄덕이며 허락했다.

싯다르타가 말했다. "세존이시여, 한 가지 점에서 저는 무엇보다도 당신의 가르침에서 감탄했습니다. 당신의 가르침에서 는 모든 것이 완벽하게 명확하고, 입증됩니다. 당신은 세상이 하나의 완전한 사슬이라고, 어디에도 끊어진 곳이 없는 사슬이 라고 보여주십니다. 인과의 법칙으로 이어진 영원한 사슬이라 고 말입니다. 지금까지 누구도 그것을 그렇게 명확하게 보여준 적이 없고, 그토록 반박의 여지없이 설명한 적도 없습니다. 당 신의 가르침을 통해서 이 세계가 빈틈없고, 수정같이 투명하여 우연에 의지하지 않고, 신들에 의지하지 않고 완벽하게 연결된 것으로 드러날 때 모든 브라만의 심장은 격양되지 않을 수 없 습니다. 세계가 선한지 악한지, 인생이 괴로운지 즐거운지 하는 것은 부차적인 것이고, 그것은 본질적인 것이 아닐 수도 있습 니다. 하지만 세상의 단일성[26], 모든 사건의 연관관계, 크고 작 은 만물의 원인, 생성, 소멸이 동일한 흐름에 휩쓸려가고 있다 는 당신의 위대한 가르침이 환하게 드러납니다. 완성자시여, 그 런데 동일한 당신의 가르침에 따르면 만물의 이런 단일성과 일 관성은 한 곳에서 끊어지고 맙니다. 하나의 작은 틈을 통해서 이 단일의 세상 안으로 무언가 생소한 것, 무언가 새로운 것, 무

---

26 단일성(die Einheit)이란 선과 악을 포함한 이 세상의 모든 요소가 서로 분리 된 것이 아니라 총체적인 하나로 존재한다는 것으로, 기독교의 이원론과 대치된 다. 헤세는 동양(인도와 중국)의 단일성 사상을 통해 유럽적인 이원론을 극복하고 자 했다 .

언가 과거에는 없고 보여줄 수도 증명할 수도 없는 것이 흘러 들어옵니다. 그것은 세상의 초월, 해탈에 관한 당신의 가르침입니다. 이 작은 틈, 이 작은 끊김으로 인해 영원하고 단일한 세상의 법칙 전체는 다시 무너지고 해체됩니다. 이런 반론을 제기하는 것을 용서하십시오."

조용히 고타마는 싯다르타의 말에 귀를 기울였다. 그러더니 다정하고 공손하며 맑은 목소리로 그가, 완성자가 말했다. "브라만의 아들이여, 내 가르침을 열심히 듣고 그렇게 골똘히 생각하니 좋습니다. 내 가르침에서 당신은 틈새를, 결함을 발견했군요. 계속해서 그 문제에 관해서 깊이 생각해 보기 바랍니다. 하지만 지식욕에 불타는 그대여, 덤불처럼 무성한 견해들 속에서 미로에 빠지는 것, 말로 인한 시비다툼을 경계하십시오. 이런 저런 견해들은 전혀 중요하지 않습니다. 견해는 아름다울 수도, 추할 수도 있으며 재치 있을 수도, 어리석을 수도 있습니다. 우리 개인의 의견을 지지할 수도, 배격할 수도 있습니다. 하지만 그대가 나에게서 들은 가르침은 견해가 아닙니다. 그 가르침의 목적은 지식욕에 불타는 사람들에게 이 세상을 설명하려는 것이 아닙니다. 가르침의 목적은 다른 데 있습니다. 그 목적은 번뇌로부터의 해탈입니다. 고타마가 가르치는 것은 바로 그것입니다."

"세존이시여, 노여워 마십시오." 청년이 말했다. "다툴 거리를 찾아 말다툼하려고 그렇게 말씀드린 것은 아닙니다. 견해가 중요치 않다는 당신의 말씀은 진실로 옳습니다. 하지만 한 가지만 더 말씀 드리겠습니다. 한순간도 저는 당신을 의심한 적이 없습니다. 당신이 붓다라는 것, 당신이 목표에, 그러니까 수천의 바라문과 바라문의 아들들이 도달하려고 애쓰는 그 최고의 목표에 도달하셨다는 것을 한순간도 의심해 본 적이 없습니다. 당신은 죽음으로부터 해탈을 얻으셨습니다. 죽음으로부터의 해탈은 당신이 정진하던 중에 스스로의 모색을 통해서, 자신의 길을 통해서, 명상, 참선, 인식, 깨달음을 통해서 얻었습니다. 해탈을 가르침을 통해서 얻은 것이 아닙니다. 세존이시여, 제 생각은 이렇습니다. 누구에게도 가르침을 통해서 해탈에 도달하지 않는다는 것이 제 생각입니다. 세존이시여, 당신은 깨달음의 그 시간에 무슨 일이 일어났는지를 어느 누구에게도 말이나 가르침으로 전해줄 수도, 말해 줄 수도 없습니다. 깨우침을 얻은 붓다의 가르침은 많은 것을 내포하고 있고 많은 사람들에게 올바르게 살고 악을 피하라고 합니다. 그런데 이토록 명백하고 이토록 귀한 가르침이 놓치고 있는 사실이 한 가지 있습니다. 세존께서 몸소 겪은 것에 관한 비밀, 즉 수십만 가운데서 혼자 경험하신 그 비밀이 가르침 속에는 들어있지 않습니다. 바로 이것이 제가 가르침을 들을 때 생각하고 인식한 것입니다. 이 점이 바로 제가 편력을 계속하려는 이유입니다. 어떤 다른 가르침, 더 나은 가르침을 찾으려고 떠나는 것은 아닙니다. 그런 가르침이 없다는 것을 알고 있기 때문이지요. 모든 가르침과 스승을 떠나서 저는 홀로 목표에 도달하든지 죽든지 하겠지요. 지존이시여, 앞으로도 저는 오늘을 자주 생각할 것입니다. 내 눈으로 성자를 뵌 이 순간을 자주 생각할 것입니다."

붓다의 눈은 조용히 바닥을 내려다보고 있었는데, 깊이를 알 수 없는 그의 얼굴은 완전히 무심한 가운데 조용히 빛나고 있었다. "그대의 생각이," 세존이 천천히 말했다. "잘못이 아니기를 바랍니다. 그대가 목표에 이르기를 바랍니다. 그렇지만 어디 한번 말해 보십시오. 그대는 내 사마나들의 무리, 나의 가르침에 의탁한 수많은 나의 형제들을 보았지요? 낯선 사마나여, 그대는 이 무리들이 가르침을 버리고 속세의 생활, 환락의 생활로 돌아가는 것이 더 낫다고 생각하나요?"

"절대로 그런 생각을 해 본 적이 없습니다." 싯다르타가 크게 대답했다.

"그들 모두가 가르침에서 벗어나지 않고 목표에 이르기를 바랍니다. 다른 사람의 인생에 대해 판단하는 것은 제가 할 일이 아닙니다. 나 자신에 관해서만, 오로지 내 자신에 관해서만 판단을 내려야하고, 선택해야 하고 거부해야 합니다. 세존이시여, 자아로부터의 해탈을 우리들 사마나는 찾고 있습니다. 세존이시여, 제가 만약 당신의 제자 중의 하나라면 저는 가르침을, 뒤따르는 일을, 당신에 대한 저의 사랑을, 승려들의 공동체를 저의 자아로 만들어 겉모습만, 오로지 거짓으로만 제 자아가 평화에 이르거나 해탈을 얻고 실제로는 자아가 계속 살아남아 커지는 일이 일어날까 두렵습니다."

반쯤 미소를 띠우고 흔들리지 않는 밝고 다정한 태도로 고타마는 싯다르타의 눈을 들여다보며 거의 눈에 띄지 않는 몸짓으로 작별을 고했다.

"사마나여, 영리하십니다." 세존이 말했다. "친구여, 그대는 말을 영리하게 할 줄 압니다. 하지만 너무나 영리하지 않도록 조심하십시오."

붓다는 그곳을 떠났다. 그렇지만 그의 눈길과 반쯤 지은 미소는 싯다르타의 기억 속에 영원히 남았다.

이런 시선을 가진 사람, 저렇게 미소하고 앉고 걷는 사람을 본 적이 없다, 라고 싯다르타는 생각했다. 나도 저렇게 거침없이, 저렇게 위엄 있게, 저렇게 수수하게, 저렇게 당당하게, 저렇게 순수하고 신비스럽게 바라보고 미소하고 앉고 걸을 수 있다면 좋겠다. 자아를 극복한 사람만이 저렇게 진실하게 바라보며 저렇게 걷는다. 좋아, 나도 내 자아를 극복하려 노력해야겠다, 라고 싯다르타는 생각했다.

한 사람을 나는 보았다, 그 앞에서 내가 시선을 떨어트릴 수밖에 없는 유일한 사람을 보았다, 라고 싯다르타는 생각했다. 이제 누구 앞에서도 더 이상 시선을 떨어트리지 않을 것이다. 결코 그렇게 하지 않을 것이다. 이분의 가르침이 나를 사로잡지 못했으니 다른 어떤 가르침도 나를 유혹하지 못할 것이다.

붓다가 나에게서 앗아갔다, 라고 싯다르타는 생각했다. 나에게서 앗아갔지만 그 이상의 것을 나에게 주었다. 그는 나에게서 친구를 앗아 갔는데, 그 친구로 말하면 전에는 나를 믿었지만 이제는 그분을 믿고, 전에는 내 그림자였지만 이제는 고타마의 그림자가 되었다. 하지만 그분은 나에게 싯다르타를, 나 자신을 주었다.

각성

싯다르타는 완성자인 붓다가 남아 있고 고빈다가 남아 있는 사원을 떠나면서 과거의 삶 역시 그곳에 남겨 두고 작별하는 기분이었다. 이런 감정에 휩싸여 천천히 걸으며 그는 여러 가지 생각에 잠겼다. 마치 깊은 물밑으로 내려가듯 그는 원인이 자리하고 있는 밑바닥까지 내려갔다. 느낌은 오로지 사고를 통해 인식으로 변해야만 사라지지 않고 본질적인 것이 되어 그 속에 들어있는 것을 빛나게 한다고 생각한 까닭이었다.

천천히 걸어가면서 싯다르타는 생각에 잠겼다. 그는 자신이 이제 청년이 아니라 성인이 되었다는 것을 확신했다. 마치 뱀이 낡은 허물을 벗고 떠나듯이 한 가지가 자신을 떠났다는 것, 젊은 시절 내내 그를 따라 다니며 떠나지 않던 한 가지, 스승을 모시고 가르침을 받겠다는 소망을 이제는 버렸다는 것을 확인했다. 그는 수행 중에 나타난 마지막 스승, 최고의 스승이자 가장 현명한 스승, 가장 성스런 분, 붓다까지도 떠났다. 그와 헤어질 수밖에 없었고 그의 가르침을 받아들일 수가 없었다.

생각에 빠져 더욱 천천히 걸으며 그는 스스로에게 질문을 던졌다. "네가 가르침에서, 스승들한테서 배우고자 하는 것은 무엇이며, 너에게 많은 것을 가르친 그들이 도저히 가르치지 못한 것은 무엇인가?" 그는 찾아냈다. "그것은 자아이다. 자아의 의미와 본질을 나는 배우고자 했다. 나는 자아에서 벗어나 그것을 극복하고자 했다. 하지만 나는 그것을 극복하지 못하고 단지 기만했을 뿐이다. 그것에서 도망하고 피해서 몸을 숨길 수 있었을 뿐이다. 정말로 이 세상에서 어떤 것도 나를 이렇게 많은 생각에 빠지게 한 것은 없었다. 나의 자아, 내가 살아있다는 이 수수께끼, 내가 모든 다른 사람들과 다른 특별한 존재, 다른 사람 아닌 싯다르타라고 하는 사실 말이다. 그런데도 나는 나 자신에 관해서, 싯다르타에 관해서 이 세상의 어떤 것보다도 아는 것이 없다."

천천히 걸으며 생각에 몰두한 그는 이 생각에 걸음을 멈추었다. 곧 그 생각에서 다른 생각, 새로운 생각이 떠올랐다. "내가 내 자신을 아무것도 모르는 것, 싯다르타가 나에게 낯설고 알 수 없는 것, 그것은 한 가지 원인, 오직 한 가지 원인에서 비롯된다. 나는 나를 두려워했고 나에게서 도피했다. 나는 아트만을 추구하고 브라만[27]을 추구했으며 내면에 있는 미지의 것에서 모든 껍질의 핵심, 아트만, 생명, 신적인 것, 궁극적인 것을 찾아내기 위해 자아를 토막 내고 껍질을 벗겼다. 그러느라고 내 자신은 사라져 버렸다."

싯다르타는 눈을 뜨고 둘러보았는데, 얼굴에는 미소가 넘쳤고 긴 꿈에서 깨어났다는 각성의 깊은 감정이 발가락에까지 퍼져갔다. 그는 다시 걷기 시작했는데 무슨 일을 해야 하는지 아는 사람처럼 빨리 걷기 시작했다.

"아," 깊은 숨을 내 쉬며 그는 생각했다. '이제 나는 싯다르타를 다시는 놓치지 않겠다. 이제는 나의 사고와 나의 생활을 아트만과 더불어, 세계의 고뇌와 더불어 하지 않을 것이다. 다시는 폐허 더미 뒤에서 비밀을 찾기 위해서 나를 죽이거나 토막 내지 않을 것이다. 앞으로는 요가 베다[28]가 나를 가르치지 못할 것이며, 아타르바 베다[29]도, 어떤 고행자도, 어떤 가르침도 나를 가르치지 못한다. 나는 나한테서 혼자 배우고, 스스로 제

---

27 여기서는 다시 힌두교의 기본 사상인 "범(梵)"을 의미한다 .
28 Yoga-Veda: 요가에 관한 경전을 뜻하는 것으로 요가 슈트라스(Yoga Sutras) 를 의미하는 것으로 보인다. 요가 베다는 힌두교의 4대 경전에는 찾아볼 수 없는 데, 요가 수행의 지식이라는 의미로 헤세가 이런 용어를 쓴 것으로 추정된다 .
29 Atharva-Veda: 4대 경전 중 네 번째 것으로 재앙을 막고 복이 오게 하는 주문이 수록되어 통속 신앙과 밀접한 관계가 있다.

자가 되어 나를, 싯다르타라는 비밀을 알아낼 것이다.'

그는 마치 이 세상을 처음 보는 것처럼, 신기한 듯 주위를 둘러보았다. 세상은 아름답고 세상은 찬란했으며 세상은 기이하고 불가사의했다. 여기 파랑이 있고 여기 노랑이 있고 여기 초록이 있으며, 하늘이 흘러가고 강이 흘러가고 숲이 솟아 있고 산이 솟아 있었다. 모든 것이 아름답고 불가사의하고 마술 같았는데, 그 한가운데에는 깨달음을 얻은 싯다르타가 자신에게 가고 있는 중이었다. 이 모든 것, 이 모든 노랑과 파랑, 강과 숲이 처음으로 눈을 통해 싯다르타의 내면으로 들어왔는데, 그것은 이제 더 이상 마야[30]의 요술이 아니고 더 이상 마야의 베일이 아니었으며, 더 이상 명상하는 브라만이 경멸하는 무의미하고 우연한 현상계의 다양성도 아니었다. 브라만은 다양성을 무시하고 단일성을 모색했다. 파랑은 파랑이고 강은 강이며, 비록 파랑과 강물 속에 싯다르타의 내면에 있는 단일한 것, 신적인 것이 숨어 있다 해도 여기에 노랑, 여기에 파랑, 저기에 하늘, 저기에 숲, 그리고 여기에 싯다르타가 존재한다는 사실이야말로 바로 신적인 것의 본질이자 의도였다. 의미와 본질은 사물의 배후 어딘가에 있는 것이 아니라 사물 모두 안에 있었다.

---

30 Maja: 산스크리트어로 환영(幻影)과 허위로 충만한 물질계, 또는 눈앞의 현실세계를 진정한 세계로 착각하게 만드는 힘이다.

"나는 정말 눈이 멀고 우둔했다." 급히 발걸음을 옮기면서 그는 생각했다. "사람이 의미를 알려고 글을 읽을 때 기호나 철자를 무시하지 않고, 그것들을 착각, 우연, 혹은 무가치한 껍데기라고 부르지 않는다. 그는 그것들을 읽고 연구하고 철자 하나하나까지 사랑한다. 그런데 나는, 이 세상이라는 책과 나 자신의 본질이라는 책을 읽으려한 나는, 미리 추측한 의미에 짜맞추기 위해서 기호와 철자를 무시하고 이 현상계를 착각으로, 나의 눈과 혀를 우연하고 무가치한 현상으로 불렀다. 아니다, 그건 지난 일이다. 이제 나는 깨어났다. 나는 완전히 깨어났고 오늘에야 태어난 것이다."

이 생각을 하다가 싯다르타는 마치 앞에 뱀을 본 것처럼 다시 발을 멈추었다.

왜냐하면 갑자기 이런 생각이 난 까닭이었다. 정말로 각성한 사람, 새로 태어난 사람은 인생을 완전히 처음부터 시작해야 한다는 생각이었다. 그날 아침에 그가 제타바나 사원을, 각성자의 숲을 떠날 때, 깨어나서 자신에게 향한 길에 들어섰을 때는 수년 동안의 고행을 끝내고 고향으로, 아버지에게로 돌아가겠다는 것이 그의 의도였고, 그것이 자연스럽고 자명한 일로 생각되었다. 하지만 이제 그는 마치 길에서 뱀을 만난 것처럼 다음과 같은 생각이 들었다. "나는 이전의 내가 아니고, 더 이상 고행자가 아니고 더 이상 승려가 아니고 더 이상 브라만이 아니다. 내가 집에 가서 아버지한테 가서 무엇을 한단 말인가? 공부? 제사? 명상? 이 모든 것은 과거이고, 이런 모든 것은 이제 나의 길과 상관이 없다."

꼼짝도 하지 않고 싯다르타는 서 있었는데 한순간, 숨 한 번 쉬는 동안 마치 심장이 얼어붙는 기분이었다. 자신이 얼마나 외로운 존재인가를 알게 되었을 때 마치 한 마리 작은 짐승, 한 마리의 새, 한 마리의 토끼가 된 것처럼 가슴 속의 심장이 얼어붙는 것 같았다. 몇 해 동안 고향 없는 신세였지만 그는 그것을 못 느꼈다. 이제야 그것을 느낀 것이다. 세상에서 깊은 명상 가운데서도 그는 여전히 아버지의 아들, 브라만, 높은 계층, 종교적 존재였다. 아직도 싯다르타이고, 각성자일 뿐이었다. 깊이 숨을 들여마시고 잠시 얼어붙어 그는 몸을 떨었다. 자신만큼 외로운 사람은 아무도 없었다. 그는 귀족 계급에 속하지 않아 더 이상 귀족이 아니고, 직공들의 무리에 속하고 거기서 피난처를 구하는 직공도 아니었다. 더 이상 그는 브라만들과 어울려서 삶을 공유하는 브라만이 아니고, 사마나라는 지위에서 도피처를 찾는 수행자도 아니었다. 숲에 사는 정처 없는 은둔자마저 혈혈단신은 아닌데, 그들 역시 소속되는 신분이 있고 거기가 고향이기 때문이었다. 이제 고빈다는 승려가 되었고 수천의 승려들이 그의 형제가 되어 그와 같은 옷을 입고 같은 믿음, 같은 언어로 말한다. 그런데 나는, 싯다르타는 어디에 속하는

가? 누구와 어울려 생활할 것인가? 어떤 언어로 말을 할 것인가?

이 순간, 주위의 세계가 녹아 사라지고 그가 마치 하늘의 별처럼 외롭게 홀로 서 있을 때, 차갑고 절망스런 이 순간에 싯다르타는 어느 때보다 더 강하게 위로 솟아올랐다. 그는 이것이 깨달음의 마지막 전율, 탄생의 마지막 고통이라고 느꼈다. 그는 다시 발을 떼고 빠르고 급하게 걷기 시작했는데 더 이상 집으로 가는 것도, 더 이상 아버지에게 가는 것도, 더 이상 되돌아가는 것도 아니었다.

제2부

카말라

매번 발걸음을 떼어 놓을 때마다 싯다르타는 새로운 것을 배웠는데, 세상이 변했고 그의 마음이 마법에 걸린 때문이었다. 그는 해가 산 위에서 떠올라 종려나무 늘어선 먼 해변으로 지는 것을 보았다. 밤이면 별들이 정연하게 빛나고 초승달이 푸른 바다의 쪽배처럼 떠 있는 것도 보았다. 그는 나무, 별, 동물, 구름, 무지개, 바위, 풀, 시냇물, 강, 새벽 덤불의 이슬, 멀리 떨어진 푸르고 하얀 높은 산, 지저귀는 새, 벌, 논 위에 부는 은빛 바람을 보았다. 천태만상의 화려한 이 모든 것은 과거에도 있었다. 해와 달은 언제나 비추었고 강은 언제나 졸졸 흘렀고 벌은 언제나 붕붕거렸지만, 이 모든 것이 지난날 싯다르타의 눈에는 일시적이고 기만적인 베일에 불과했기 때문에 불신을 가지고 바라보았으며 관념에 의해 무(無)로 바뀌어 폐기될 것으로 보였다. 왜냐하면 그것은 본질이 아니었다, 본질은 가시적 현상 너머에 있기 때문이었다. 그러나 자유로워진 그의 눈은 이 세상에 머물면서 가시적인 것을 보고, 인식하고, 이 세상에서 고향을 찾으며, 본질을 추구하지도 저 세상을 목표로 하지도 않았다. 아무것도 모색하지 않은 채 단순하게 어린아이처럼 세상을 바라보니 세상은 아름다웠다. 달과 별이 아름다웠고, 시내와 강기슭도 아름다웠고, 숲, 바위, 산양, 풍뎅이, 꽃, 나비도 아름다웠다. 이렇게 세상을 걸어가는 것, 이렇게 천진하게, 이렇게 눈을 뜨고, 이렇게 가까운 것에 마음을 열고, 이렇게 의심 없이 사는 것은 아름답고 사랑스런 일이었다. 머리 위의 태양은 전과 다르게 불타오르고, 숲속 그늘은 전과 다르게 서늘하고, 시내와 수조(水槽)의 물맛은 전과 다르고, 호박과 바나나도 맛이 달랐다. 낮이 짧고 밤도 짧아서 매 시간이 바다를 달리는 돛단배처럼, 보물과 기쁨을 돛 아래에 가득 실은 돛단배처럼 후딱 지나갔다. 싯다르타는 원숭이 무리가 숲의 아치 안에서 높은 가지에서 돌아다니는 것을 보았고, 거칠고 요란하게 소리치는 소리를 들었다. 싯다르타는 숫양이 암놈을 따라가 짝짓기 하는 것을 보았다. 그는 갈대 우거진 호수에서 창꼬치 한 마리가 저녁 허기를 채우려고 물고기를 좇는 것을 보았는데, 창꼬치 앞에는 겁에 질려서 팔딱거리며 어린 물고기들이 물속에서 떼를 지어 도망치고 있었다. 요란한 소용돌이에서는 힘과 열기가 맹렬했다.

이 모든 것은 전에도 있었다. 그런데도 그는 그것을 보지 못했고 그런 것에 관여하지 않았다. 그는 이제야 그런 것에 관여하며 그 일부가 되었다. 그의 눈에 빛과 그늘이 지나가고, 그의 마음에는 별과 달이 지나갔다.

도중에 싯다르타는 자신이 제트바나 사원에서 겪은 모든 일, 거기서 들은 가르침, 신과 같은 붓다, 고빈다와의 작별, 세존과의 대화를 생각해 보았다. 자신이 세존에게 했던 말을 기억해 보고 하나씩 곰곰이 생각해 보았다. 놀랍게도 그는 자신이 전혀 알지도 못한 말들을 당시에 쏟아냈다는 것을 깨닫고 깜짝 놀랐다. 싯다르타가 고타마에게 말했던 것은 그의, 붓다의 보물과 신비는 설법이 아니라 말할 수 없는 것이며, 그분이 도를 깨달은 순간에 체험한 것은 가르쳐줄 수 있는 것이 아니라는 것이었다. 이런 것이야말로 내가 경험하려 한 것, 그것을 경험하려고 출가한 것이며 이제 체험을 시작한 것이었다. 이제는 스스로 체험해야만 한다. 아마도 나는 오래전에 자신의 자아가 아트만이며, 그것이 브라만(梵)과 마찬가지로 영원한 본질이라는 것을 알 수 있었을 것이다. 하지만 나는 이 자아를 관념의 그물로 붙잡으려 했기 때문에 결코 발견할 수 없었다. 분명 육체는 자아가 아니고 감각의 유희도 자아가 아니지만, 관념 역시 자아가 아니고 오성(悟性)도, 습득된 지혜도, 결론을 도출하고 기존의 사상에서 새로운 사상을 꿰맞춰 내는 습득된 재주 또한 자아가 아니다. 그렇다, 관념의 세계 역시 이 세상 것이

어서, 감각이라는 우연하고 비본질적인 자아를 죽이고 그 대신 관념이나 학문이라는 또 다른 우연한 자아를 살찌워 봐야 결코 목표에는 도달할 수 없다. 감각이나 관념은 둘 다 좋은 것으로, 이 둘의 배후에는 궁극적인 참 뜻이 숨어 있어서 두 가지 모두가 들어볼만한 가치가 있고, 더불어 유희할만한 가치가 있는 것으로, 둘을 경시하거나 과대평가해서 안 되고, 둘에게서 내밀한 비밀의 소리를 들어야 한다. 나는 그 목소리가 보라고 명하는 것 외에는 아무것도 보려하지 않고, 그 소리가 권하는 곳 외에는 어디서도 멈추지 않으려고 했다. 고타마는 왜 시간 중의 시간에 보리수 아래에서 해탈하게 된 것일까? 그는 목소리, 그 나무 아래에서 휴식하라고 명하는 어떤 목소리, 내면의 목소리를 들었을 것이다. 금욕, 제사, 목욕 재계와 기도, 먹는 것과 마시는 것, 잠자는 것과 꿈꾸는 것을 한 것이 아니라 목소리를 들은 것이다. 외부의 명령이 아니라 귀를 기울이는 것, 그럴 준비를 하는 것은 좋은 일, 필요한 일로, 다른 것은 아무것도 필요치 않다.

밤에 강가의 어느 사공의 초가집에서 잠이 들었을 때 싯다르타는 꿈을 꾸었다. 고빈다가 고행자의 노란 가사를 입고 그의 앞에 서 있었다. 고빈다는 슬퍼보였는데 왜 나를 떠났어, 라고 슬프게 물었다. 그러자 그는 고빈다를 두 팔로 끌어안았는데 가슴을 끌어안고 입을 맞추자 그것은 고빈다가 아니고 어떤 여자였다. 여자의 옷에는 풍만한 가슴이 드러났다. 싯다르타는 거기에 기대 젖을 빨았다. 젖에서는 달콤하고 진한 냄새가 났다. 여자와 남자, 태양과 숲, 동물과 꽃, 온갖 과일, 온갖 쾌락의 맛이었다. 그것은 취하게 만들고 의식을 잃게 만들었다. 싯다르타가 잠에서 깨어났을 때는 허연 강물이 오두막의 문틈으로 빛을 발하고 있었고, 숲에서는 음산한 부엉이의 울음소리가 깊고 우렁차게 들렸다.

날이 밝자 싯다르타는 그를 재워 준 사공에게 강을 건네주도록 부탁했다. 사공은 그를 대나무 뗏목에 태워 건네주었다. 폭이 넓은 강은 아침햇살을 받아 붉게 반짝였다.

"아름다운 강입니다." 그가 사공에게 말했다.

"그렇습니다." 사공이 대답했다. "정말 아름다운 강입니다. 나는 이 강을 무엇보다도 사랑합니다. 종종 이 강의 소리를 듣고 강의 눈을 들여다보고 종종 이 강에서 배웠습니다. 많은 것을 강에서 배울 수 있습니다."

"선행을 베푸시는 분이여, 감사합니다." 건너편 강가에 내리면서 싯다르타가 말했다. "선생님, 저에게는 드릴만한 것도, 뱃삯도 없습니다. 저는 정처 없는 사람으로 브라만의 아들, 사마나입니다."

"압니다." 사공이 말했다. "뱃삯은 기대하지 않았습니다. 무얼 받을 생각은 하지 않았습니다. 다음번에 저한테 답례의 선물을 주시게 될 겁니다."

"그렇게 믿으시나요?" 싯다르타가 기쁜 마음으로 말했다.

"물론입니다. 나는 모든 것이 되돌아온다는 것도 강에서 배웠습니다. 사마나인 당신도 되돌아 올 것입니다. 그럼, 안녕히 가십시오. 당신의 우정을 뱃삯으로 하지요. 신들께 제사 올릴 때 저를 기억해주십시오."

미소를 보내면서 그들은 작별했다. 싯다르타는 사공의 우정과 친절을 생각하면서 기쁜 마음으로 미소 지었다. "고빈다하고 비슷해." 미소 지으며 그는 생각했다. "내가 도중에 만나는 사람들은 모두 고빈다 같아. 감사를 받을 사람들인데 모두들 감사하는 마음이야. 모두 겸손하고, 기꺼이 친구가 되어주고, 기꺼이 순종하며, 별로 생각에 빠지지 않아. 아이들 같아."

점심때 그는 어느 마을을 지나게 되었다. 흙집 앞에는 아이들이 골목에서 놀고 있었는데 호박씨와 조개껍질을 가지고 놀면서 고함을 지르며 서로 싸우다가 낯선 사마나를 보자 모두 도망갔다. 마을의 끝에는 개울이 흐르고 있었는데 젊은 여자가 개울가에 앉아 빨래를 하고 있었다. 싯다르타가 인사를 하자 여자는 머리를 들어 미소를 보내며 싯다르타를 바라보았는데, 그때 그는 그녀 눈의 흰자위가 반짝이는 것을 보았다. 그는 나그네들이 흔히 하듯 축원의 말을 하면서 대도시까지 길이 얼마나 되는지 물었다. 그러자 그녀가 일어나 다가왔는데 그녀의 젊은 얼굴에는 촉촉한 입술이 아름답게 빛나고 있었다. 그녀는 싯다르타에게 농담을 했다. 사마나들은 밤에 혼자 숲에서 잠을 자고 여자를 가까이 하면 안 된다던데 그게 사실이냐고 물었다. 그러면서 왼쪽 발을 싯다르타의 오른쪽 발에 올려놓고 여자들이 남자한테 일종의 사랑의 쾌락을 요구할 때 하는, 책에서 소위 "나무 오르기"[31]라고 부르는 몸짓을 했다. 싯다르타는 몸속의 피가 뜨거워지는 것을 느꼈다. 그리고 그 순간 전날 밤에 꾼 꿈이 떠올라 여자 쪽으로 몸을 수그려 갈색 젖꼭지에다 입을 맞추었다. 그는 그녀의 얼굴이 욕망으로 미소하는 것을, 작아진 눈이 애틋하게 애원하는 것을 보았다.

싯다르타 역시 욕망을 느꼈고 욕정이 솟구치는 것을 느꼈다. 하지만 아직 한 번도 여자에게 손을 대본 적이 없는 그는 두 손으로 여자를 안을 태세를 하면서도 한순간 머뭇거렸다. 바로 그순간 그는 내면의 목소리를 듣고 놀라서 전율했다. 그 소리는 그에게 안 된다고 말하고 있었다. 이 소리가 들리자 젊은 여자의 얼굴에서 매력이 사라지고 그의 눈에 비친 것은 바람난 암컷의 젖은 눈뿐이었다. 그는 다정하게 여자의 뺨을 어루만지고 몸을 돌려 실망한 여자를 놔두고 대나무 숲속으로 홀연히

---

31 성애에 관한 경전 카마수트라에 나오는 12가지 애무의 방식 중 여섯 번째 것이다.

사라졌다.

그날 그는 저녁 전에 큰 도시에 도착해서 기뻤는데, 사람들이 그리운 까닭이었다. 그는 오랫동안 숲에서 살아왔고, 어젯밤에 잠을 잔 사공의 오두막이야말로 오랜만에 그가 안으로 들어가서 잠을 잔 최초의 집이었다.

이 방랑자는 도시의 입구에서 아름다운 울타리를 쳐놓은 유원(遊園)에서 바구니를 들고 가는 한 무리의 하인과 하녀들을 만났다. 네 사람이 메고 가는 화려한 가마에는 다채운 천개 아래에 빨간 보료를 깔고 여자가, 여주인이 앉아 있었다. 싯다르타는 유원의 입구에 서서 행렬을 바라보았다. 그는 하인, 하녀, 바구니, 가마를 바라보고, 가마 속의 여인을 바라보았다. 높이 올린 검은 머리카락 아래로 무척 하얗고 무척 부드럽고 무척 영리한 얼굴을 보았는데, 붉은 입술은 막 벌어진 무화과 같고, 눈썹은 휘어진 활처럼 곱게 손질 되어 그려져 있고, 까만 눈동자는 영리하고 사려 깊어 보였다. 하얗고 긴 목덜미가 녹색과 황금색 상의 위로 드러나 있고, 넓은 황금 팔찌를 한 길고 가는 하얀 두 손은 무릎 위에 놓여 있었다.

너무도 아름다운 그 여인의 모습을 보고 그의 가슴은 들떴다. 가마가 다가오자 그는 몸을 숙여 인사를 하고 다시 똑바로 서서 그녀의 희고 고운 얼굴을 바라보았다. 한순간 그는 둥그스름한 아치형의 영리한 두 눈을 읽고, 그가 알지 못하는 향기

를 들이마셨다. 아름다운 여자는 잠시 미소를 보내며 고개를
끄덕이고 곧 유원 안으로 자취를 감추었고 그 뒤를 이어 하인
들도 사라졌다.

이 도시에 들어오자마자 좋은 징조로군, 이라고 싯다르타
는 생각했다. 당장이라도 유원 안으로 들어가고 싶었지만 그
는 자신의 처지를 생각해 보았다. 그제야 그는 하인들과 하녀
들이 어떤 눈으로 입구에 서 있는 자신을 바라보았는지 생각이
났다. 얼마나 무시하고, 얼마나 불신하면서, 얼마나 못마땅하게
쳐다보았는지 생각이 났다.

나는 아직 사마나야, 라고 그는 생각했다. 아직도 고행자이
고 걸인이야. 이렇게 있어서는 안 돼. 이런 꼴로 그 유원에 들어
갈 수는 없지. 그는 웃었다.

길을 오고 있는 사람에게 그는 그 유원에 관해, 여자의 이
름에 관해 물어 보았다. 그리하여 그는 그곳이 카말라[32]의 유원,
유명한 기생 카말라의 별장이라는 것을 알게 되었고, 그녀가
이 유원 말고도 시내에 집을 한 채 더 가지고 있다는 것도 알게
되었다.

그런 다음 그는 도시로 들어갔다. 이제 그는 목표를 갖게 되

---

32 Kamala라는 이름은 Kama에서 온 것으로 추정되는데, 산스크리트에서 카마
는 에로스를 뜻한다.

었다.

이 목표를 뒤쫓으면서 그는 시내로 빨려 들어가서 골목의 인파에 휩쓸리고 시장 여기저기에 말없이 서 있다가 강가의 돌 층계에서 쉬었다. 저녁 무렵 그는 어떤 이발사 조수와 친구가 되었다. 어느 아치형 건물의 그늘에서 조수가 일하는 것을 보 았는데 비슈누[33] 사원에서 기도하는 그를 다시 보게 된 것이다. 싯다르타는 조수에게 비뉴수와 락슈미[34]의 내력에 관해 이야기 해주었다. 싯다르타는 밤에 강가의 배 옆에서 잠을 자고, 다음 날 일찍 손님이 오기 전에 이발사 조수에게 면도를 하고 머리 를 자르고 빗질을 하고 고급 기름을 바르게 했다. 그런 다음 강 으로 목욕을 하러 갔다.

늦은 오후 아름다운 카말라가 가마를 타고 유원에 이르렀 을 때 싯다르타는 입구에서 허리 굽혀 인사를 하고 카말라의 인사를 받았다. 일행 중 맨 뒤에서 가고 있는 하인을 그는 손짓 으로 불러 여주인에게 젊은 브라만이 대화를 나누고 싶어 한다 고 전해 달라고 부탁했다. 한참 뒤에 하인이 되돌아와 기다리 고 있는 싯다르타에게 따라 오라고 하더니 아무 말없이 그를

---

33 Vishnus: 커다란 금시조(金翅鳥, 가루다)를 타고 다니며 악을 제거하고 정의 의 회복을 유지하는 신으로 힌두교의 3대 신의 하나로 평화의 신이다.
34 Lakschmi: 힌두교 신화에서 미, 부, 행운의 여신으로 비슈누의 아내이자 카마 의 어머니이다.

정자로 데리고 갔다. 거기에는 카말라가 휴식용 침상에 누워 있었다. 하인은 그를 카말라 곁에 혼자 두고 나갔다.

"당신은 어제 밖에 서서 나한테 인사하지 않았나요?" 카말라가 물었다.

"사실 어제 당신을 보았고 인사도 했습니다."

"어제는 수염이 있고 머리가 길고 머리에 먼지가 있었지요?"

"맞습니다. 전부 다 보셨군요. 당신은 사마나가 되려고 고향을 떠나 3년 동안 사마나였던 싯다르타를, 브라만의 아들을 보았습니다. 하지만 이제 나는 그 길을 버리고 이 도시로 왔습니다. 그런데 도시에 발을 들여놓기도 전에 내가 최초로 본 사람은 당신이었습니다. 카말라, 당신은 싯다르타가 눈을 내리뜨고 말을 건넨 최초의 여자입니다. 이제부터 나는 아름다운 여자를 만나도 눈을 내리뜨지 않을 겁니다."

카말라는 미소를 짓고 공작의 깃털로 만든 부채를 부쳤다. 그리고 물었다. "싯다르타께서는 단지 저한테 그 말을 하려고 이렇게 오신 건가요?"

"당신에게 그 말을 하려고, 당신의 아름다움에 대해 감사하려고 왔습니다. 싫지 않다면 카말라, 당신이 내 친구이자 스승이 되어 주었으면 합니다. 당신이 대가인 그 기술에 관해 나는 아는 게 없기 때문입니다."

그러자 카말라가 큰 소리로 웃었다.

"친구 분, 사마나가 숲에서 나를 찾아와 배우겠다고 한 적은 한 번도 없습니다. 장발의 사마나가 낡고 해어진 가리개를 걸치고 나를 찾아온 일은 한 번도 없습니다. 많은 젊은이들이 나한테 오는데 그중에는 브라만의 아들도 있어요. 하지만 그들은 훌륭한 옷을 입고 고급 신을 신고 옵니다. 머리에는 향내가 나고 지갑에는 돈이 있습니다. 사마나님, 나한테 오는 젊은이들은 그렇습니다."

싯다르타가 말했다. "나는 벌써 당신에게 배우기 시작했습니다. 이미 어제부터 배웠어요. 나는 수염을 깎고 머리를 빗어 머리에 기름을 발랐습니다. 영리하신 분, 나한테 부족한 것은 별 것이 아닙니다. 그것은 좋은 옷, 좋은 신, 주머니에 들어있는 돈입니다. 싯다르타는 이런 사소한 것들보다 훨씬 어려운 일을 시작해서 그것을 이루었다는 것을 아셔야 합니다. 그러니 내가 어제 계획한 일, 당신의 친구가 되어 당신에게서 사랑의 기쁨을 배우는 일을 이루지 못할 리가 없습니다. 당신은 내가 배우는 데 열심이라는 것을 알게 될 겁니다. 카말라, 당신이 나한테 가르쳐야 할 것보다 더 어려운 것을 나는 이미 배웠습니다. 그런데 머리에 기름은 발랐지만 옷도, 신도, 돈도 없는 지금 이대로의 싯다르타로는 당신에게는 부족한가요?"

카말라가 말했다. "그래요, 아직 부족합니다. 옷이 있어야

해요, 좋은 옷으로, 그리고 신, 좋은 신, 돈주머니에 돈이 많아야 하고, 카말라에게 줄 선물도 있어야 합니다. 숲에서 오신 사마나님, 이제 아셨나요? 그걸 아시겠어요?

"잘 알았습니다." 싯다르타가 큰 소리로 말했다. "그 입에서 나오는 말을 어떻게 못 알아듣겠습니까! 당신의 입은 방금 벌어진 무화과와 같습니다, 카말라. 내 입도 붉고 신선하니 당신 입에 어울릴 것입니다. 그걸 알게 될 것입니다. 하지만 아름다운 카말라, 말해 주시오. 당신은 사랑을 배우려고 숲에서 온 이 사마나가 무섭지 않소?"

"왜 내가 사마나를, 재칼이 사는 숲에서 와서 여자가 무엇인지도 모르는 어리석은 사마나를 무서워해야 하나요?"

"저런, 그는, 그 사마나는 힘이 세서 아무것도 두려워하지 않기 때문입니다. 아름다운 아가씨, 그는 당신을 범할 수 있습니다. 당신을 강탈할 수 있어요. 당신을 괴롭힐 수 있어요."

"아닙니다, 사마나님. 그런 것은 두렵지 않습니다. 사마나나 브라만이 혹시 낯선 사람이 와서 그를 붙잡다가 그의 학식, 그의 믿음, 그의 사상을 빼앗아 갈까 봐 두려워하나요? 아닙니다, 왜냐하면 그런 것은 오직 자신만의 것으로, 주고 싶은 것은 주고 싶은 사람에게만 줄 수 있기 때문입니다. 카말라의 경우도, 사랑의 기쁨도 꼭 마찬가지입니다. 카말라의 입은 붉고 아름답지만 카말라의 뜻에 거역해서 키스해 보세요. 그토록 많은 달콤함을 아는 그 입에서 한 방울의 단맛도 맛보지 못할 겁니다. 싯다르타, 당신은 열심히 배우는 분입니다. 그러니 이것을 알아두세요. 우리는 사랑을 애걸해서 얻을 수도, 살 수도, 선물로 받을 수도, 길에서 발견할 수도 있습니다. 하지만 사랑을 탈취할 수는 없습니다. 안 됩니다, 당신처럼 아름다운 젊은이가 그렇게 잘못 생각한다면 정말이지 유감스런 일입니다."

싯다르타는 미소를 지으며 허리를 숙였다. "유감스런 일이지요, 카말라, 당신 말이 옳습니다. 정말로 유감스런 일이 될 겁니다. 그래요, 당신의 입에서 나는 단 한 방울의 감미로움도 놓치지 않을 겁니다. 당신도 내 입에서 그럴 것입니다. 그러니 이렇게 하지요. 지금 갖고 있지 못한 옷, 신, 돈을 가지게 될 때 싯다르타는 다시 올 것입니다. 하지만 사랑스런 카말라, 나한테 작은 충고 하나 해 줄 수 있습니까?"

"충고요? 물론입니다. 누군들 숲의 재칼들한테서 온 불쌍하고 아무것도 모르는 사마나한테 충고를 거절할 수 있을까요?"

"사랑하는 카말라, 그럼 내가 이 세 가지 물건을 빨리 가지려면 어디로 가야할지 가르쳐 주시겠습니까."

"친구여, 많은 사람들이 그것을 알고 싶어 합니다. 당신은 배운 일을 해야 합니다. 그것으로 돈과 옷과 신을 얻게 될 겁니다. 가난한 사람은 다른 식으로는 돈을 벌 수 없습니다. 그런데 당신은 무엇을 할 줄 아나요?"

"나는 명상할 수 있습니다. 기다릴 수 있습니다. 단식할 수 있습니다."

"다른 것은요?"

"없습니다. 하지만 시를 쓸 수 있습니다. 시 한수에 키스 한 번을 허락하시겠습니까?"

"당신의 시가 마음에 들면 그러지요. 대체 어떤 시인가요?"

잠시 명상을 한 후 싯다르타는 다음과 같은 구절을 읊었다.

"그늘진 정원으로 아름다운 카말라가 들어온다.

정원 입구에 갈색의 사마나가 서 있다.

연꽃을 바라보듯 그가 몸을 수그리고

인사를 보내니 카말라가 미소로 답한다.

청년은 생각한다. 더 멋진 일이다, 신들을 모시는 것보다

아름다운 카말라를 모시는 것이 더 멋진 일이라고."

요란하게 카말라가 박수를 치는 바람에 황금 팔찌가 서로 부딪혀 소리가 났다.

"당신 시는 아름답습니다, 갈색의 사마나여, 그 시에 대해 키스를 해도 정말로 아까울 것이 없습니다."

그녀가 눈짓으로 다가오게 하자 싯다르타는 얼굴을 여자의 얼굴 위로 굽혀서 방금 벌어진 무화과 같은 그녀의 입에다

입을 얹었다. 카말라는 그에게 길게 키스를 했는데 싯다르타는
그녀가 어떻게 자기를 가르치는지, 얼마나 현명한지, 어떻게 자
기를 휘어잡아 밀고 당기는지 깊이 놀라지 않을 수 없었다. 처
음의 키스에 이어서 길고 잘 정리되고 숙련된 수많은 키스들이
이어졌는데, 각기 다른 방식으로 그를 기다리고 있었다. 깊은
숨을 쉬면서 그는 서 있었는데 그 순간 그는 앞에 펼쳐진 배울
것, 배울 가치가 있는 것이 너무도 많은 것에 마치 어린아이처
럼 놀랐다.

"당신의 시는 무척 아름답습니다."라고 카말라가 말했다.
"제가 돈이 많다면 댓가로 금화를 드렸을 겁니다. 하지만 시로
당신이 필요한 만큼의 돈을 벌기는 어려워 보입니다. 카말라의
친구가 되려면 많은 돈이 필요하거든요."

"당신은 키스를 어떻게 그렇게 잘 하나요, 카말라?" 싯다르
타가 말을 더듬었다.

"네, 잘합니다. 그래서 나한테는 옷, 신, 팔찌와 여러 가지 아
름다운 물건들이 부족함이 없답니다. 그런데 당신은 무엇을 할
작정인가요? 당신은 명상하는 것, 단식하는 것, 시를 짓는 것
외에는 아무것도 할 수 없나요?"

"염불도 할 수 있습니다."라고 싯다르타가 말했다. "하지만
이젠 하지 않으려고 합니다. 주문(呪文)도 외우지만, 안 하려고
합니다. 나는 글을 읽었고……"

"잠시만." 카말라가 말을 막았다. "읽을 줄 아세요? 쓸 줄도 아나요?"

"물론 할 줄 압니다. 그걸 할 수 있는 사람은 꽤 많습니다."

"대다수의 사람들은 못해요. 나 역시 못합니다. 당신이 읽고 쓸 줄 안다니 아주 좋습니다. 아주 좋은 일입니다. 그리고 주문 역시 필요할 수가 있습니다."

그 순간 하녀가 와서 여주인의 귀에다 무슨 말을 했다.

"손님이 오셨습니다."라고 카말라가 말했다. "어서 가 주세요, 싯다르타. 여기서 눈에 띄지 않도록 조심하세요. 내일 다시 만나도록 해요."

그러더니 카말라는 하녀에게 이 착한 브라만에게 흰 옷 한 벌을 주라고 말했다. 영문을 모른 채 싯다르타는 하녀에게 이끌려 길을 돌아서 정자로 갔고 옷을 받았으며, 수풀로 안내를 받았고, 어서 눈에 띄지 않게 나가달라는 말을 들었다.

만족스런 마음으로 그는 하라는 대로 했다. 숲에 익숙한 그는 소리 없이 빠져나와 울타리를 넘었다. 둥그렇게 만 옷을 겨드랑에 끼고 만족스런 마음으로 그는 도시로 돌아왔다. 여행객들이 들어가는 어느 여인숙 문 앞에서 말없이 먹을 것을 부탁하고 떡 한 개를 말없이 받았다. 내일은 아무한테도 먹을 것을 부탁하지 않을 것이다, 라고 그는 생각했다.

갑자기 그의 마음속에 자존심이 타올랐다. 이제는 사마나가 아니니 구걸하는 것은 맞지 않는 일이었다. 떡을 개에게 던져주고 그는 굶었다.

"여기 속세에서 사는 것은 간단하다."라고 싯다르타는 생각했다. "속세의 삶에는 어려운 것이 없다. 사마나였을 때는 모든 일이 어렵고 힘들고, 궁극에는 희망이 없었지. 그런데 지금은 모든 것이 쉽다. 카말라가 나한테 가르쳐준 키스 수업처럼 쉽다. 나는 옷하고 돈이 필요할 뿐 그밖에는 필요한 것이 없다. 그것은 사소하고 가까운 목표일 뿐, 잠을 못 이룰 만한 것은 아니다."

한참 걸려서 그는 도시에 있는 카말라의 집을 알아냈고, 그 다음 날 거기에 나타났다.

"잘 됐습니다." 그를 맞으며 카말라가 말했다. "카마스와미가 당신을 기다리고 있을 거예요. 그는 이 도시에서 가장 부유한 상인입니다. 만약 당신이 마음에 들면 당신을 고용할 겁니다. 잘해보십시오, 갈색 사마나님. 내가 다른 사람을 통해서 그 사람한테 당신에 관해 이야기했습니다. 그에게 친절하게 대하세요. 그는 실력자입니다. 하지만 너무 겸손하게 굴지는 마세요. 나는 당신이 그의 하인이 되는 것은 싫습니다. 당신은 그와 대등한 사람이 되어야 합니다. 그러지 못하면 나는 당신한테 불만스러울 거예요. 카마스와미는 늙어서 안주하기 시작했어요. 당신이 마음에 들면 당신을 많이 신뢰할 겁니다."

싯다르타는 고맙다고 하면서 웃었다. 그가 어제와 오늘 아무것도 먹지 않았다는 것을 알자 그녀는 빵과 과일을 가져오게 해서 대접했다.

"당신은 운이 좋아요." 헤어질 때 그녀가 말했다. "당신 앞에 문이 하나씩 열리네요. 어떻게 된 일이지요? 마법을 걸었나요?"

싯다르타가 말했다. "어제 나는 내가 명상할 줄 알고 기다릴 줄 알고 단식할 줄 안다고 말했고, 당신은 그런 것이 쓸모없다고 말했습니다. 하지만 그것은 여러 곳에서 필요합니다, 카말라. 두고 보십시오. 숲의 어리석은 사마나들도 당신들이 하지 못하는 많은 멋진 일을 배워서 할 수 있다는 것을 당신은 알게 될 것입니다. 그제만 해도 나는 덥수룩한 거지였지만 어제는 카말라에게 키스를 했고, 곧 상인이 되어서 돈과 당신이 가치를 두는 모든 것을 가지게 될 겁니다."

"그래요." 그녀가 인정했다. "하지만 내가 없었다면 당신은 어떻게 되었을까요? 카말라가 당신을 도와주지 않았으면 어떻게 되었을까요?"

"사랑스런 카말라," 싯다르타가 말하면서 일어났다. "당신의 정원으로 들어왔을 때 나는 이미 첫발을 내딛은 것입니다. 이 아름다운 여성에게서 사랑을 배우려는 것이 내 생각이었습니다. 그리고 그렇게 생각한 그 순간부터 내가 그것을 이루리라는 것, 당신이 나를 도와주리라는 것을 알았습니다. 정원에서 당신의 시선을 처음 본 순간 나는 벌써 그것을 알았습니다."

"하지만 내가 도와주지 않으려 했다면?"

"당신은 도와주려 했습니다. 보세요, 카말라, 만약 당신이 돌을 물에 던지면 그 돌은 곧장 가라앉습니다. 싯다르타가 하나의 목표, 하나의 계획을 세우면 그렇게 됩니다. 싯다르타는 아무것도 하지 않습니다. 그는 기다리고 명상하고 단식하지만 아무것도 하지 않고 까딱도 하지 않은 채 마치 물속으로 내려가는 돌처럼 세상 속을 헤쳐 갑니다. 그는 이끌리면 이끌리는 대로, 떨어지면 떨어지는 대로 놔둡니다. 그의 목표가 그를 끌어당깁니다. 왜냐하면 목표에 위배되는 것은 어느 것도 영혼 속에 들여놓지 않기 때문이지요. 이것이 바로 어리석은 사람들이 마법이라고 부르는 것입니다. 어리석은 사람들은 이것을 마귀들이 부린 조화라고 말합니다. 마귀가 조화를 부려서 일어나는 일은 없습니다. 마귀는 없습니다. 명상할 줄 알고 기다릴 줄 알고 단식할 줄 안다면 누구나 마술을 부릴 수 있고 목적을 이룰 수 있습니다."

카말라는 그의 말에 귀를 기울였다. 그녀는 그의 목소리를 사랑하고, 두 눈의 눈빛을 사랑했다.

"그럴지도 모르지요." 그녀가 나지막하게 말했다. "당신이 말한 대로인지도 모릅니다. 하지만 싯다르타가 아름다운 남자라서, 그의 눈길이 여자들의 마음에 들어서 행운이 찾아오는지도 모르지요."

키스를 하며 싯다르타는 작별했다. "그랬으면 좋겠습니다, 스승님. 나의 눈길이 항상 당신 마음에 들고, 행운이 항상 당신한테서 나를 찾아왔으면 합니다."

소인들과 함께

싯다르타는 상인 카마스와미를 만나러 부자의 집을 찾아갔다. 하인들이 그를 값비싼 양탄자 사이의 어느 방으로 안내했고 거기서 그는 주인을 기다렸다.

카마스와미가 들어왔다. 머리가 온통 백발인, 매우 영리하고 신중한 눈과 탐욕스런 입을 가진 민첩하고 날렵한 사람이었다. 주인과 손님은 서로 다정하게 인사했다.

"내가 들은 바로는," 상인이 이야기를 꺼냈다. "당신은 브라만, 학자인데 상인 밑에서 일자리를 찾는다더군요. 브라만님, 일자리를 찾을 만큼 곤궁한 입장이십니까?"

"아닙니다." 싯다르타가 말했다. "나는 곤궁하지 않고 곤궁한 적도 없습니다. 나는 오랫동안 사마나들과 함께 생활했습니다."

"사마나들과 살다 왔으면 어찌 곤궁하지 않겠습니까? 사마나들은 가진 것이 하나도 없지 않나요?"

"가진 것이 없지요." 싯다르타가 말했다. "당신이 말하는 뜻이 그것이라면 말입니다. 물론 나는 가진 것이 없습니다. 하지만 자발적인 것이니 나는 곤궁한 것이 아닙니다."

"가진 것이 없는데 무엇으로 살아갈 작정이십니까?"

"아직 나는 그 문제를 한 번도 생각해 보지 않았습니다, 선생님. 나는 3년 이상 아무것도 가진 것 없이 살아왔습니다. 그리고 무얼 먹고 살아야할지 그런 것에 관해 한 번도 생각해 본 적이 없습니다."

"그렇다면 당신은 남이 가진 것으로 사는 것이군요."

"그럴지도 모르지요. 하지만 상인 역시 남이 가진 것으로 삽니다."

"맞습니다. 하지만 상인은 남들이 가진 것을 공짜로 가져오지는 않습니다. 대신 그들에게 상품을 내주지요."

"사실상 그런 것 같습니다. 누구나 주고, 받습니다. 그게 삶입니다."

"미안하지만 한 가지 물어도 될까요? 당신은 가진 것이 없는데 무얼 주려고 합니까?"

"누구나 자신이 가진 것을 줍니다. 전사(戰士)는 힘을, 상인은 상품을, 교사는 가르침을, 농부는 쌀을, 그리고 어부는 물고기를 줍니다."

"맞습니다. 그럼 당신이 줄 수 있는 것은 무엇인가요? 당신이 배웠고 할 수 있는 일은 무엇인가요?"

"저는 명상할 줄 압니다. 기다릴 줄 압니다. 단식할 줄 압니다."

"그것이 전부인가요?"

"전부인 것 같습니다."

"그런데 그것이 무슨 쓸모가 있습니까? 예컨대 단식 같은 것 말입니다. 그것이 어디에 소용이 있나요?"

"그건 아주 좋은 것입니다, 선생님. 먹을 것이 떨어졌을 때 단식은 사람이 할 수 있는 가장 좋은 방법입니다. 예컨대 싯다르타가 단식을 배우지 않았더라면 오늘 당신에게서, 아니면 다른 곳에서 아무 일자리라도 얻어야 합니다. 배가 고파서 그렇게 할 수밖에 없습니다. 하지만 싯다르타는 이렇게 조용히 기다릴 수 있고 초조해하지도 곤궁해하지도 않고 오래 굶주림을 견디면서 웃을 수 있습니다. 선생님, 단식은 그럴 때 좋습니다."

"맞습니다, 사마나님. 잠시만 기다리시오."

카마스와미는 밖에 나갔다가 두루마리 하나를 들고 와서 그것을 내놓으면서 물었다. "이것을 읽을 수 있습니까?"

싯다르타는 두루마리를 훑어보았다. 매매계약서였다. 싯다르타는 그 내용을 읽기 시작했다.

"훌륭합니다." 카마스와미가 말했다. "그러면 이 종이에다 무엇을 좀 써 주시겠습니까?"

그는 싯다르타에게 종이 한 장과 붓을 내주었다. 싯다르타는 종이에 글을 써서 되돌려 주었다.

카마스와미가 읽었다. "글을 쓰는 것은 좋지만, 명상하는 것이 더 좋다. 영리한 것은 좋지만, 인내하는 것이 더 좋다."

"글을 정말 잘 쓰십니다." 상인이 칭찬했다. "아직도 서로 할 이야기가 많습니다. 오늘은 내 손님이 되어 우리집에 머무십시오."

싯다르타는 감사하며 그의 뜻을 받아들여 그 상인의 집에서 살게 되었다. 그는 옷과 신을 받았고 하인 한 사람이 매일 목욕 준비를 해 주었다. 하루에 두 번씩 풍성한 식사가 들어왔지만 싯다르타는 하루에 한 번만 식사를 했고, 고기를 먹지도 술을 마시지도 않았다. 카마스와미는 장사에 관해 이야기해 주고 그에게 상품과 창고를 보여주었으며 장부도 보여주었다. 많은 것을 싯다르타는 알게 되었고, 많이 듣고 적게 말했다. 그리고 카말라의 말을 기억하면서 결코 상인의 아래에 서지 않고 그로 하여금 동등한 사람으로, 아니 그 이상으로 대우하도록 만들었다. 카마스와미는 장사를 조심스럽게, 때로는 열정적으로 이끌었지만 싯다르타는 이 모든 것을 마치 놀이처럼, 규칙을 열심히 배우기는 하지만 내용에 관해서는 별로 마음을 두지 않는 놀이처럼 생각했다.

카마스와미의 집에서 지낸 지 얼마 되지 않아 그는 벌써 주인의 장사에 관여하게 되었다. 하지만 그녀가 말한 시간이 되면 좋은 옷을 입고 고급 신을 신고 아름다운 카말라를 만나러 갔고, 곧 그녀에게 선물도 가져가게 되었다. 그녀의 지혜롭고 붉은 입술은 싯다르타에게 많은 것을 가르쳐주었다. 사랑에 있어 아직도 어린아이라서 마치 바닥도 없는 심연으로 뛰어들듯 무조건적으로, 끝없는 쾌락 속으로 떨어지려는 그를 카말라는 기본서부터 가르치기 시작했는데, 그것은 쾌락을 주지 않고는 쾌락을 받을 수 없으며 모든 몸짓, 모든 어루만짐, 모든 접촉, 모든 눈길, 육체의 모든 부분이 전부 비밀을 가지고 있다는 것, 몸의 아무리 사소한 부분도 각기 나름대로 비밀을 가지고 있으며, 그 비밀은 어떤 자극으로 깨어나면 그것을 아는 사람에게 언제라도 행복감을 안겨 줄 준비가 되어 있다는 것이었다.

그녀는 사랑의 향연 후에 사랑하는 사람들은 각자 서로에게 경탄하지도 않고, 정복하고 정복당했다는 감정도 없이 헤어져서는 안 된다고, 그래서 두 사람 중 한 사람이라도 이제는 시들하고 재미없다는 기분이 들고, 강제로 당했거나 강제로 했다는 불쾌한 기분이 들면서 헤어져서도 안 된다고 가르쳤다. 싯다르타는 지혜롭고 아름다운 이 재주꾼과 함께 황홀한 시간을 보내며 그녀의 제자, 애인, 친구가 되었다. 그의 현재 삶의 의의와 가치는 여기 카말라와 지내는 것에 있지 카마스와미의 장사에 있지 않았다.

상인은 중요한 편지와 계약서 작성하는 일을 그에게 맡겼고 중요한 일을 점점 그와 의논하는 데 익숙해졌다. 상인은 곧 싯다르타가 쌀과 양모, 배의 운송과 장사에 관해서는 별로 아는 것이 없지만 그의 손이 행운의 손이라는 것, 그리고 침착함과 평정심, 낯선 사람의 말에 귀를 기울이고 꿰뚫어 보는 기술이 자기보다 낫다는 것을 알게 되었다. "이 브라만은," 그가 어느 친구에게 말했다. "진정한 상인이 아니고 결코 상인이 될 수도 없어. 그의 마음은 결코 장사에 열정을 갖고 있지 않아. 하지만 그는 성공이 저절로 찾아드는 그런 사람의 비밀을 가지고 있어. 그것이 타고난 행운의 별인지, 마법인지, 사마나들에게서 배운 것인지는 알 수 없지만 말이야. 그는 언제나 장사를 가지고 놀이하는 것처럼 보일 뿐 장사가 그를 사로잡거나 그를 지배하는 법이 없어. 그는 결코 실패를 겁내지도 손해를 걱정하지도 않아."

상인의 친구는 그에게 충고했다. "그가 자네를 위해 하는 장사의 이익에서 삼 분의 일을 나누어주고, 손해가 날 때에도 같은 몫을 부담시키도록 해보게. 그러면 일을 더 열심히 할 거야."

그 충고를 카마스와미는 따랐다. 하지만 싯다르타는 별로 개의치 않았다. 이익이 나면 무관심하게 그것을 가졌고, 손해가 나면 웃으면서 말했다. "아, 저런, 일이 잘못되었습니다."

정말로 싯다르타는 사업에 무관심한 것 같았다. 한번은 많은 쌀 수확량을 사들이기 위해 시골로 여행을 간 적이 있었다. 그런데 도착해 보니 쌀은 이미 다른 상인한테 팔린 뒤였다. 그런데도 그는 그곳에 며칠을 머물면서 농부들을 대접하고 아이들에게 동전을 주고 혼례에도 참가했다가 아주 만족해서 돌아왔다. 카마스와미는 즉시 돌아오지 않은 것을, 시간과 돈을 낭비한 것을 비난했다. 싯다르타는 이렇게 말했다. "책망을 거두어주십시오, 친구분. 책망으로 되는 일은 절대로 없습니다. 손해가 났으면 저한테 손해를 넘기십시오. 저는 이번 여행이 아주 만족스러웠습니다. 많은 사람들을 알게 되었고, 브라만 한 명은 제 친구가 되었고 아이들이 내 무릎 위로 올라오고 농부들은 밭을 구경시켜주었고 아무도 나를 상인 취급하지 않았습니다."

"아주 잘 했군요." 카마스와미가 불쾌해 하면서 말했다. "하지만 당신은 실제로는 상인이란 말입니다. 아니라면 이번에 놀려고 여행을 갔나요?"

"맞습니다." 싯다르타가 웃었다. "물론 저는 놀기 위해 여행을 간 것입니다. 아니면 무엇 때문에 간단 말인가요? 나는 사람들과 여러 지역에 관해 알게 되었고, 친절과 신뢰감을 맛보았습니다. 만약에 제가 카마스와미였다면 매입하려던 일이 무산된 것을 알자마자 화를 내고 급히 돌아왔을 것이고, 그렇다면 정말로 시간과 돈을 잃어버린 것이지요. 하지만 저는 즐거운 날을 보냈고, 많은 것을 배우고 유쾌하게 지내면서 화를 내거나 조급하게 굴어 남에게 해를 끼치지 않았습니다. 만약에 내가 다시 그곳에 가게 된다면, 혹시 나중에 수확물을 사러가거나 또는 다른 일로 가게 된다면 친절한 사람들이 나를 친절하고 즐겁게 맞아줄 것이고, 나는 과거에 조급하고 불쾌하게 굴지 않은 것에 대해서 스스로 기분이 좋을 것입니다. 좋게 생각하십시오, 그리고 책망으로 스스로 해를 입지 마십시오. 언제라도 이 싯다르타가 손해를 가져온다고 생각되는 날이 오면 한마디만 하십시오. 그러면 저는 제 길을 가겠습니다. 하지만 그때까지는 서로 만족하면서 지내도록 하지요."

상인은 싯다르타가 그의, 카마스와미의 빵으로 살고 있다는 것을 설득하려 했지만 소용없었다. 싯다르타는 자신의 빵을 먹고 있었다. 아니, 두 사람은 서로 상대의 빵, 모든 사람의 빵을 먹고 사는 것이었다. 싯다르타는 카마스와미의 우려에 대해 관심두지 않았지만 카마스와미는 걱정이 많았다. 실패할 위험이 있는 거래가 진행되고 있을 때, 상품발송이 잘못된 것 같을 때, 채무자가 청산이 힘들어 보일 때에도 카마스와미는 한 번도 동업자로 하여금 걱정하고 화내고 이마에 주름을 만들고 잠을 못 이루게 만들 수가 없었다. 카마스와미가 언젠가 싯다르타가 아는 모든 것이 자기한테서 배운 것이라고 말하자 싯다르타는 이렇게 말했다.

"그런 농담으로 절 놀리지 마십시오. 당신한테서 나는 한 바구니의 생선 값이 얼마인지, 빌려준 돈에 대해 얼마나 이자를 받을 수 있는지를 배웠습니다. 그것이 당신의 지식입니다. 생각하는 것은 당신한테서 배우지 않았습니다, 친애하는 카마스와미, 한번 나한테서 그런 것을 배워보도록 하십시오."

사실 그의 생각은 사업에 있지 않았다. 사업은 카말라에게 돈을 갖다 주기에 좋을 뿐이었다. 그것은 싯다르타가 필요로 하는 것보다 많은 돈을 가져다주었다. 하지만 싯다르타의 관심과 흥미는 오로지 사람들한테 있었는데, 사람들의 사업, 노동, 걱정, 즐거움, 어리석음은 과거의 싯다르타에게는 달만큼이나 거리가 멀리 떨어진 것이었다. 모든 사람들과 이야기하고 모두와 더불어 생활하며 모두에게서 배우는 일은 쉬웠지만 그는 자신과 그들 사이에는 어디엔가 차이가 있음을 의식했다. 그 차이는 사마나라는 점이었다. 그는 사람들이 일종의 아이처럼, 동물 같은 방식으로 살아가고 있는 것을 알게 되었는데, 그것을 사랑하는 동시에 경멸했다. 그는 사람들이 그럴만한 댓가를 치를만한 가치가 없는 것들, 돈, 사소한 즐거움, 작은 명예 때문에 애쓰고 괴로워하고 늙어가는 것을 보았다. 그는 그들이 서로 책망하고 모욕하는 것을 보았다. 그리고 사마나라면 웃어넘길 수도 있는 고통에 괴로워하는 것을 보았으며, 사마나라면 느끼지 않을 고통에 괴로움 당하는 것을 보았다.

그는 사람들이 자기에게 가져오는 모든 것을 환영했다. 아마(亞麻)천을 사라는 상인을 환영했고, 돈을 꾸러 오는 빚쟁이도 환영했고, 한 시간 동안 가난한 사정을 늘어놓지만 실제 어느 사마나와 비교해도 절반만큼도 가난하지 않은 거지를 환영했다. 그는 외국에서 온 부유한 상인이나 수염을 깎아주는 하인이나 바나나를 팔면서 몇 푼 더 벌려고 속임수를 쓰는 행상이나 똑같이 대우했다. 카마스와미가 찾아와 걱정거리를 하소연하거나 어떤 일 때문에 책망해도, 그는 호기심 가득히 즐겁게 들어주었고, 몹시 놀라기도 하였고, 그를 이해하려고 노력하였고, 불가피하다고 생각되면 그의 말을 어느 정도 인정하기도 하였고, 그러다가 그에게서 벗어나서 자신을 필요로 하는 다음 사람에게 시선을 돌렸다. 많은 사람들이 그에게 왔는데 어떤 사람은 거래를 위해서, 어떤 사람은 속이기 위해서, 어떤 사람은 마음을 떠보기 위해서, 어떤 사람은 동정을 사기 위해서, 어떤 사람은 충고를 듣기 위해서 찾아왔다. 그는 충고를 하고, 동정을 하고, 선물을 주고, 때로 속기도 했는데, 이제는 이런 모든 유희에, 모든 사람들이 이런 유희에 쏟는 열성에다가 그가 전에 신들이나 브라만(梵)에 쏟았던 만큼이나 몰두하게 되었다.

때로 가슴 속 깊은 곳에서 그는 꺼져가는 낮은 음성을 들었는데, 그 음성은 거의 들리지 않을 정도로 나지막하게 경고하며, 나지막하게 호소하고 있었다. 그러면 그는 일순간 자신이 이상한 생활을 하고 있다는 것, 온통 유희에 지나지 않는 일을 하고 있다는 것, 유쾌하고 종종 기쁨을 느끼지만, 원래의 삶은 곁에서 스쳐가고 있고 먼 곳에 있음을 깨달았다. 공을 가지고 노는 사람처럼 사업을 가지고 놀고 주위의 사람들을 가지고 놀고 그들을 구경하고 그들에게 흥미를 느꼈지만, 싯다르타의 본성의 근원은 그런 것과 무관했다. 근원은 그에게서 멀리 떨어진 곳으로 보이지 않게 흘러갔고, 그의 삶과 상관이 없었다. 가끔 그는 그런 생각에 깜짝 놀랐고, 자신이 유치한 모든 일상의 일에 열성과 혼신으로 참여하면서 방관자처럼 곁에만 서 있지 않고 실제로 살고, 실제로 움직이며, 실제로 즐기고, 실제로 살 수 있다면 얼마나 좋을까 생각했다.

그럴 때면 그는 다시 아름다운 카말라를 찾아 가서 사랑의 기교를 배우고, 주는 것과 받는 것이 하나가 되는 쾌락을 예찬하고, 그녀와 이야기를 나누고, 그녀로부터 배우고, 그녀에게 충고를 하고, 충고를 듣기도 했다. 그녀는 전에 고빈다보다 그를 더 잘 이해했고, 그와 더 많이 닮아 있었다.

어느 날 그가 그녀에게 말했다. "당신은 나하고 비슷합니다. 대부분의 사람들하고는 다릅니다. 당신은 카말라이고, 다른 어떤 사람도 아닙니다. 나와 마찬가지로 당신 마음속에는 언제라도 들어가 편안히 지낼 수 있는 평온함과 도피처가 있습니다. 누구든 그렇게 할 수는 있지만, 그런 사람은 많지 않습니다."

"모든 사람이 영리하진 않지요." 카말라가 말했다.

"아닙니다." 싯다르타가 말했다. "그 문제가 아닙니다. 카마스와미는 나와 마찬가지로 영리하지만 마음속에 도피처를 갖고 있지 못합니다. 반면 이성(理性)이 어린아이 같은 사람들은 그것을 가지고 있습니다. 카말라, 대다수의 사람들은 허공에 나부끼며 휘날리다가 흔들리며 땅에 떨어지는 낙엽 같은 존재입니다. 그러나 몇 안 되는 숫자이긴 해도 어떤 사람은 별과도 같이 확고한 궤도를 따라가며 어떤 바람에도 흔들리지 않고, 그들 내면에 나름의 법칙과 궤도를 가지고 있습니다. 내가 아는 모든 학자들과 사마나들 가운데 한 사람이 그런 완성자였는데, 그분을 나는 결코 잊을 수 없습니다. 그분은 고타마, 세존으로, 가르침을 고지하신 분입니다. 수천의 제자들이 날마다 그의 가르침을 듣고 있고 매 시간 그분의 계율을 따르고 있지만, 그들 모두는 낙엽에 불과하고 그들은 내면에 가르침과 법칙을 갖고 있지 못합니다."

카말라는 미소를 띠고 그를 바라보았다. "또 그분 이야기네요." 그녀가 말했다. "당신은 또 다시 사마나 생각에 빠져 있어요."

싯다르타는 침묵했다. 그들은 사랑의 유희를 즐겼는데 그것은 카말라가 아는 삼사십 가지 유희 중의 하나였다. 그녀의 몸은 마치 재규어처럼, 사냥꾼의 활처럼 유연했다. 그녀한테서 사랑의 기교를 배운 사람이라면 누구나 수많은 쾌락과 수많은 비밀을 알게 되었다. 한참 동안 그녀는 싯다르타와 유희했다. 그를 유혹하기도 하고 밀쳐내기도 하고 그에게 강요하고 그를 얼싸 안으면서 그가 정복당해 지쳐서 그녀 곁에서 휴식을 취할 때까지 그의 솜씨를 즐겼다.

애인은 싯다르타에게 몸을 숙이고 그의 얼굴을, 피로에 지친 그의 두 눈을 한참 들여다보았다.

"당신은 내가 본 최고의 애인이에요" 생각에 잠겨 그녀가 말했다. "당신은 다른 사람들보다 더 강하고, 더 유연하고, 더 적극적이에요. 싯다르타, 당신은 나의 기교를 잘 배웠어요. 나이가 더 들면 당신의 아이를 갖고 싶어요. 당신, 그런데 당신은 아직도 사마나입니다. 당신은 아무도 사랑하지 않아요, 그렇지 않은가요?"

"그럴지도 모릅니다." 싯다르타가 피곤에 지쳐 말했다. "나는 당신과 같아요. 당신도 사랑하지 않습니다. 아니라면 사랑을 어떻게 기교로 하나요? 우리 같은 사람들은 사랑을 할 수 없을 겁니다. 소인들은 사랑을 할 수 있어요. 그것이 바로 그들의 비밀입니다."

윤회

싯다르타는 속세의 삶, 쾌락의 삶을 오래 살았지만 거기에 빠진 것은 아니었다. 뜨거운 사마나 시절에 그가 죽인 관능은 다시 깨어나 풍성함을 맛보고 환락을 맛보고 그 위력을 맛보았다. 하지만 오랫동안 마음속으로 그는 아직도 사마나였고, 그 사실을 현명한 카말라는 잘 알고 있었다. 그의 삶을 이끄는 것은 명상, 기다림, 단식의 기술이었고, 싯다르타가 그들에게 낯선 존재이듯 어린아이 같은 세속의 사람들은 그에게 여전히 낯선 존재일 뿐이었다.

세월이 흘러갔지만 편안함에 빠진 싯다르타는 세월이 흐르는 것을 거의 느끼지 못했다. 그는 부자가 되어 오래 전에 자기 소유의 집, 하인, 교외의 강가에 별장도 갖게 되었다. 사람들은 그를 좋아해서 돈이나 조언이 필요할 때에 그를 찾아왔지만 그에게 가까운 것은 카말라뿐이었다.

고빈다와 작별을 하고 난 후 청춘의 전성기에 고타마의 설법을 듣고 체험한 그 높고 밝은 깨달음, 긴장으로 가득한 기대, 가르침도 스승도 거부한 자부심 가득한 고독, 자신의 내면에서 신의 음성을 듣겠다는 유연한 태도가 서서히 추억이 되고 덧없는 것이 되었으며, 한때 가까이에 있었고 한때는 그의 내면에서 흐르던 신성한 샘은 이제는 멀리서 나지막하게 흘러가고 있었다. 하지만 사마나에게서, 고타마에게서, 브라만인 아버지에게서 배운 많은 것은 오랜 세월 여전히 그의 마음속에 남아있었는데, 그것은 절도 있는 생활, 사색의 기쁨, 명상의 시간, 그리고 육체나 의식이 아닌 영원한 나, 즉 참나에 관한 비밀스런 앎이었다. 이런 것중에서 어떤 것은 아직 그의 마음속에 남아 있지만 하나씩 가라앉아 먼지가 쌓였다. 마치 도공의 선반이 일단 돌기 시작하면 한참 돌다가 서서히 지쳐서 멈춰서는 것처럼 금욕의 바퀴, 사색의 바퀴, 분별의 바퀴는 싯다르타의 영혼 속에서 오래도록 계속 돌았고 아직도 돌고 있지만 이제는 느려져서 멈출 듯 말 듯 거의 멈춰가고 있었다. 마치 습기가 죽어가는 나무줄기로 들어와 서서히 속을 채워서 썩게 하듯 싯다르타의 영혼에도 세속과 나태함이 들어 왔고, 그것이 서서히 그의 영혼을 채워서 무겁게 만들고 영혼을 지치고 잠들게 했다. 그 대신 그의 감각들이 살아나서 많이 배우고 많은 것을 체험했다.

싯다르타는 사업하는 것, 사람들을 다스리는 것, 여자와 즐기는 것을 배웠고 아름다운 옷을 입는 것, 하인들을 부리는 것,

향기로운 물에서 목욕하는 것을 배웠다. 그는 섬세하고 조심스럽게 준비된 음식, 생선, 육류, 조류, 향료, 달콤한 후식 먹는 것을 배웠고 몽롱하게 잊도록 만드는 술 마시는 것을 배웠다. 또한 주사위 노름과 장기 두는 것, 무희들을 바라보는 것, 가마 타는 것, 부드러운 침상에서 자는 것을 배웠다. 하지만 아직도 자신이 다른 사람들과 다르고 그들보다 우월하다고 느꼈고, 약간은 조소하는 마음, 약간은 경멸하는 마음으로, 세속의 사람들에 대해 사마나들이 느끼는 것 같은 경멸의 마음으로 그들을 바라보았다. 카마스와미가 기분 나빠하고, 화를 내거나, 모욕 받았다고 생각하거나 사업 걱정에 시달리면 싯다르타는 항상 조소하면서 바라보았다. 하지만 서서히, 알지 못하는 사이에 몇 번의 수확기와 우기(雨期)를 지나는 동안 그의 조소는 점점 무디어지고 그의 우월감은 점점 잠들어 갔다. 재산이 늘어가면서 서서히 싯다르타는 일종의 소인들의 태도, 철부지 같은 태도와 두려움을 가지게 되었다. 그러면서 그들을 부러워하게 되었는데, 닮아 가면 갈수록 더욱 그들을 부러워하게 되었다. 그는 자신에게는 없고 그들만이 가지고 있는 한 가지를 부러워했는데, 그것은 그들이 인생에다 부여하는 중대한 의미, 기쁨이나 불안에 대한 그들의 격정, 영원한 사랑에 대한 불안하지만 달콤한 그들의 행복이었다. 사람들은 자기 자신에, 여자에, 자식에, 명예나 돈에, 계획이나 희망에 대한 사랑에 빠져 있었다. 하지만 그는 이런 것을, 이 어린아이 같은 기쁨과 어린아이 같은 어리석음을 그들에게서 배우지 못했다. 단지 불쾌감을 배웠을 뿐인데, 그것은 그 자신이 경멸하는 것이었다. 모임이 있던 다음 날 아침이면 그는 자리에 오래 누운 채 자신이 바보 같고, 피곤한 적이 많아졌다. 카마스와미가 걱정거리를 가지고 귀찮게 굴면 그는 화가 나서 참을 수 없었다. 주사위 노름에서 돈을 잃으면 크게 웃는 일도 있었다. 그의 얼굴은 아직 다른 사람보다는 지혜롭고 슬기로워 보였지만 잘 웃지 않았고 부자들의 얼굴에서 흔히 나타나는 특징을 하나씩 닮아가고 있었다. 불쾌하고, 불만스럽고, 불신에 가득하고, 나태하고, 몰인정한 모습이었다. 서서히 부자들이 갖는 영혼의 병이 그를 사로잡았다.

베일처럼, 엷은 안개처럼 피로감이 날이 갈수록 조금씩 더 짙게, 달이 갈수록 조금씩 더 칙칙하게, 해가 갈수록 점점 더 무겁게 싯다르타를 눌렀다. 마치 세월과 함께 새 옷이 헌 것이 되고 세월과 함께 아름다운 빛을 잃어 얼룩지고 구겨지고 솔기가 뜯겨 여기저기 해어지고 빛바랜 곳이 드러나듯이 고빈다와 헤어지고 시작된 싯다르타의 새 생활은 점점 낡아져 흐르는 세월과 함께 색깔과 광택을 잃고 얼룩과 주름이 생기고, 바닥에는 눈에 띄지 않게 여기저기 환멸과 역겨움이 흉하게 모습을 드러냈다. 그것을 싯다르타는 깨닫지 못했다. 단지 그는 과거에 자신을 깨우던, 화려했던 시절 내내 자신을 이끌던 밝고 자신 있는 내면의 목소리가 이제는 침묵하는 것을 알고 있을 뿐이었다.

세속이 그를 사로잡았고, 쾌락, 욕망, 나태함, 그가 가장 어리석은 짓이라고 경멸하고 비웃던 악덕인 탐욕이 그를 사로잡았다. 그는 재산, 재물, 부귀에 사로 잡혔고 이제는 그런 것들이 그에게 유희나 장난이 아니라 구속과 짐이 되었다. 싯다르타는 기이하고 교활한 길로 접어들어서 노름이라는 가장 저열한 마지막 집착 속으로 빠져 들었다. 사마나가 되기를 마음속으로 중단한 이후 일찍이 소인들의 습성이라고 웃으며 무시해왔던, 돈이나 패물을 거는 노름에 싯다르타는 점점 더 열의와 열정을 가지고 빠져들었다. 그는 무서운 노름꾼이 되었다. 그와 도박하려는 사람이 별로 없었을 정도로 그의 판돈은 크고 대담했다. 그는 마음의 필요에 의해 노름했다. 돈을 잃는 것, 저주스런 돈을 써버리는 것은 화가 나면서도 쾌감을 주었다. 다른 방법으로는 상인들의 우상인 부에 대한 경멸을 더 명확하고 노골적으로 드러낼 수 없었다. 그래서 그는 크게, 사정없이, 스스로를 미워하고 자조하면서 노름을 했고, 수천 금을 휩쓸어가고, 수천 금을 내던지고, 돈을 잃고, 패물을 잃고, 별장을 잃고, 다시 따고, 또 다시 잃었다. 그 불안, 엄청난 것을 걸고 노름하는 그 두렵고 가슴 졸이는 불안을 싯다르타는 사랑했고, 그 불안을 끊임없이 새롭게 하고, 끝없이 상승시키고, 끊임없이 자극하여 높이려고 애썼는데, 왜냐하면 기름지고 미지근하고 맥 빠진 삶 가운데 이런 불안감 가운데서만 행복 같은 것, 도취 같은 것, 상승된 삶을 느낄 수 있기 때문이었다. 크게 잃고 나면 그는 다시 돈을 모으기 위해 더욱 사업에 열중하고 한층 혹독하게 채무자에게 돈을 독촉했는데, 계속 노름하고 계속 낭비해서 부에 대한 경멸감을 보여주고 싶기 때문이었다. 그러나 싯다르타는 돈을 잃으면 침착함을 잃었고, 늑장 부리는 채무자에게 인내를 잃었고, 거지한테 관대함을 잃었고, 부탁하는 사람에게 돈을 주거나 꾸어주는 기쁨을 잃었다. 한 판의 도박에 천만금을 잃고도 웃는 그였지만 사업에서는 더 엄격하고 더 좀스러워졌고, 밤에는 때로 돈에 대해 꿈까지 꾸게 되었다. 이런 끔직스런 악몽에서 깨어나 침실 벽의 거울에서 늙고 추한 자신의 얼굴을 볼 때마다, 수치와 구토감이 덮쳐 올 때마다 그는 도피처를 찾아서 행복의 새로운 유희로 도피했고, 쾌락과 술의 마취로 도피했으며, 다시 돈을 그러모으려는 충동으로 그곳에서 돌아왔다. 이러한 덧없는 순환 속에서 그는 지치고 늙고 병이 들었다.

그때 어느 날 꿈이 그에게 경고를 했다. 그는 저녁 시간에 카말라와 함께 그녀의 아름다운 정원에 앉아 있었다. 그들은 나무 아래 앉아서 이야기를 나누고 있었는데, 그때 카말라가 일종의 슬픔과 피로가 감추어진 의미심장한 말을 했다. 그녀는 싯다르타에게 고타마에 관해 이야기해 줄 것을 부탁했는데, 그의 눈이 얼마나 맑고, 그의 입이 얼마나 고요하고 아름다우며, 그의 미소가 얼마나 인자하고, 그의 걸음거리가 얼마나 평화로운지 싯다르타가 아무리 말해주어도 흡족해하지 않았다. 한참을 그는 지존 붓다에 관해 설명하지 않을 수 없었는데, 카말라가 한숨을 쉬면서 이렇게 말했다. "언젠가, 아마 멀지 않아서 나도 그 붓다를 따라가려고 합니다. 이 정원을 그분에게 시주하고 그분의 가르침에 귀의할 겁니다." 그러면서 그녀는 싯다르타를 유혹하여 이 공허하고 덧없는 욕정으로부터 마지막 달콤한 한 방울을 짜내려는 듯이 고통스런 열정의 사랑의 유희에서 입술을 깨물고 눈물을 흘리며 그를 끌어안았다. 육욕이 얼마나 죽음과 흡사한 것인지 싯다르타는 이토록 이상하게, 확실하게 느낀 적이 없었다. 그러고 나서 싯다르타는 카말라의 옆에 누웠는데, 카말라의 얼굴이 가까이 있었다. 그때 그는 그녀의 눈 밑과 입가에서 불안스런 글씨, 가는 선과 옅은 골을 읽었는데 가을과 늙음을 연상케 하는 문자였다. 사십 줄에 들어선 싯다르타 자신도 여기저기 검은 머리 사이로 흰 머리카락이 눈에 뜨였다. 피로감이 카말라의 아름다운 얼굴에 쓰여 있었다. 즐거운 목표가 없는 기나긴 여정을 걷는데서 오는 피로감, 피로감과 생기 잃은 모습, 아직 입에 올린 적 없고 의식하지도 못한 비밀스런 불안감, 늙음에 대한 두려움, 다가오는 가을에 대한 두려움, 필연적인 죽음에 대한 두려움이었다. 한숨을 쉬며 그는

카말라와 헤어졌는데, 마음은 언짢고 알 수 없는 초조감으로
가득했다.

밤을 싯다르타는 집에서 무희들과 술을 마시며 보내며 자
신은 속하지 않는 같은 계층의 친구들에게 우월감을 과시하면
서 많은 술을 마시고 한밤중에야 지치고 흥분되어 잠자리에 들
었다. 그는 울고 싶고 절망에 빠진 기분으로 한참 동안 잠을 이
루지 못했다. 마음은 참을 수 없는 처참함, 불쾌감으로 가득했
는데 그를 파고드는 불쾌감은 미지근하고 역겨운 술 냄새처럼,
지나치게 달콤하고 지루한 음악처럼, 지나치게 부드러운 무희
들의 웃음처럼, 무희들의 머리와 젖가슴에서 나는 지나치게 달
콤한 향기처럼 그를 파고들었다. 하지만 그는 무엇보다도 자신
에 대해서, 향내 나는 머리카락, 입의 술 냄새, 피부의 늘어진
피로와 혐오감이 불쾌했다. 마치 과식하고 과음을 한 사람이 토
해서 홀가분해지고 싶어 하듯 싯다르타는 잠을 못 이룬 채 이
향락이, 악습, 이 모든 무의미한 생활과 자신에 대한 불쾌감의
소용돌이에서 빠져 나오기를 원했다. 아침의 첫 햇살이 비쳐오
고 집 앞의 거리에서 분주한 아침 업무가 시작되었을 때에야
그는 간신히 눈을 붙였다. 그리고 잠시 동안 반쯤 몽롱한, 잠 비
슷한 상태에 빠져 들었다. 그 순간 그는 꿈을 꾸었다.

카말라는 황금 새장에 노래 잘하는 작은 진기한 새 한 마리
를 기르고 있었다. 이 새에 관해 싯다르타는 꿈을 꾸었다. 그의

꿈은 이 새가 벙어리가 된 것인데, 그 새는 아침마다 잘 울던 새였다. 이상한 생각이 든 싯다르타가 새장 앞으로 가서 안을 들여다보니 작은 새가 죽어서 뻣뻣하게 바닥에 쓰러져 있었다. 그는 새를 꺼내서 손에 놓고 흔들어 보다가 길로 내던졌는데 그 순간 무섭게 놀라고 심장이 찢어질 듯 아팠다. 마치 이 죽은 새와 함께 모든 가치와 모든 재산이 자신에게서 내던져진 기분이었다.

꿈에서 깨어나 싯다르타는 깊은 슬픔에 사로 잡혔다. 무가치한 삶을, 무가치하고 무의미한 삶을 살아왔다는 생각이 들었다. 살아있는 그 무엇도, 소중한 그 무엇이나 보존할 가치가 있는 그 무엇도 손안에 남아있지 않았다. 그는 파선당한 사람이 바닷가에 서 있듯이 혼자서 빈 몸으로 그렇게 서 있었다.

침울한 마음으로 싯다르타는 자신의 소유인 정원으로 들어가 문을 잠그고 망고나무 아래 앉았다. 심장 속에는 죽음이, 가슴 속에는 공포가 느껴졌다. 그렇게 앉아서 그는 자신 안에서 무엇인가가 죽어가고 있음을, 안에서 시들어 종말을 향해가고 있음을 느꼈다. 서서히 그는 생각을 가다듬고 자신이 기억해낼 수 있는 첫날부터 지금까지 지나온 전 생애를 다시 머릿속에 정리해 보았다. 내가 대체 언제 행복을 체험했고 참된 기쁨을 느껴보았는가? 그렇다, 그것을 꽤 여러 번 체험했다. 소년 시절, 브라만들에게서 칭찬 받았을 때, 선배들을 앞질러 경전을 암송

하고 학자들과 토론을 하고 제사에서 조수 노릇을 할 때 그랬다. 그때 그는 마음속에서 이렇게 느꼈다. "네 앞에는 태어나면 서부터 정해진 길이 놓여있다. 신들이 너를 기다리고 있다." 그리고 청년 시절에도 모든 사상의 끝없이 높아지는 목표에 동료들보다 앞서서 다가가게 될 때, 고통 속에서 브라만(梵)의 의미를 알기 위해 애쓸 때, 얻은 지식이 내부에서 매번 새로운 갈망을 일으킬 때, 갈망 가운데서, 고통 속에서 그는 항상 이렇게 느꼈다. "좀 더! 좀 더! 너는 사명을 타고났다" 고향을 떠나 사마나의 길을 택했을 때, 다시 사마나들과 헤어져서 완성자에게 갔을 때, 그리고 다시 그를 떠나 알 수 없는 곳으로 갔을 때 그는 이 음성을 들었다. 그 후 얼마나 이 음성을 듣지 못했는지, 얼마나 오랫동안 위로 오르지 못한 채 평평하고 황량한 길을 왔는지 모른다. 수 년 동안 높은 목표도 없이, 갈증도 없이, 비약도 없이, 사소한 쾌락에 만족하고, 그러면서도 실은 한 번도 만족한 적이 없었다. 이 몇 년 동안 그는 스스로 깨닫지 못하면서 많은 사람, 소인과 같은 사람이 되려고 애쓰고 노력하면서 살아왔다. 그러는 가운데 그의 삶은 그들의 삶보다 더 가난하고 비참해졌는데, 왜냐하면 그의 목표는 그들의 목표가 아니고 그의 걱정은 그들의 걱정이 아니었고 그에게 카마스와미와 같은 종류의 인간의 세계는 단지 하나의 유희, 구경하는 유희, 일종의 희극에 불과했기 때문이다. 단지 카말라만이 그에게는 사랑스럽고 가치 있는 존재였다. 하지만 지금도 여전히 그런가? 나는 아직도 그녀를, 그녀는 나를 필요로 하는가? 우리가 끝없는 유희를 하고 있는 건 아닐까? 그것 때문에 사는 것이 필요한가? 아니다, 필요치 않다. 이 유희는 윤회라는 것이다. 어린아이들의 놀음으로 아마 한 번, 두 번, 열 번 정도는 재미있게 놀 수 있을 것이다. 하지만 끊임없이 되풀이 한다는 것은?

그때 싯다르타는 깨달았다. 유희가 끝났다는 것, 이런 유희를 더 이상 계속할 수 없다는 것을 깨달았다. 그러자 전신에 전율이 흘렀고, 내부에서 무엇인가가 죽은 것을 그는 느꼈다.

그날 하루 종일 싯다르타는 망고나무 밑에서 아버지를, 고빈다를, 고타마를 생각하며 앉아 있었다. 카마스와미[35] 같은 사람이 되기 위해 그 세계를 떠났단 말인가? 밤이 되도록 그는 그대로 앉아 있었다. 눈을 들어 별을 바라보면서 그는 생각했다. "내가 여기 내 정원, 내 망고나무 아래 앉아있구나." 그는 조용히 미소했다. 내가 망고나무를 소유하고 정원을 소유하는 것이 필요하고 올바른 일인가? 어리석은 장난이 아닐까?

그는 그것과 결별을 고했다. 그런 것 역시 그의 안에서 죽었다. 그는 몸을 일으켜 망고나무와 작별하고, 정원과 작별했다.

---

35 Kamaswami: 이 이름은 인생의 향락을 뜻하는 카마(Kama)와 스와미(swami 주인, 대가, 우두머리)를 합성한 것으로 보인다.

하루 종일 굶었기 때문에 굉장히 배가 고팠다. 그는 시내에 있는 그의 집, 그의 침실과 침대, 음식이 놓인 식탁을 생각했다. 그는 피로한 듯 미소하고 몸을 털면서 이 모든 것과 작별했다.

그날 밤 싯다르타는 그의 정원을 떠났고, 도시를 떠나 다시는 돌아오지 않았다. 카마스와미는 싯다르타가 도둑들의 손에 들어간 줄 알고 한동안 그를 수소문했다. 카말라는 찾으려 하지 않았다. 싯다르타가 사라졌다는 말을 들었을 때 그녀는 놀라지 않았다. 언제나 예상해온 일 아닌가? 그는 사마나, 노숙자, 순례자였다. 마지막 만남에서 그녀는 그것을 더 없이 뚜렷하게 느꼈다. 그리고 그를 잃은 고통 가운데서도 마지막으로 그를 그토록 간절하게 가슴에 안았던 것을, 다시 한 번 완전하게 그의 것이 되고 그와 하나가 될 수 있었음을 기뻐했다.

싯다르타가 사라졌다는 소식을 듣자 카말라는 귀한 새가 갇혀 있는 황금 새장이 있는 창 앞으로 다가갔다. 그녀는 새장 문을 열고 새를 날려 보냈다. 그리고 날아간 새를 한참 동안 바라보았다. 그날부터 그녀는 손님을 받지 않고 문을 닫았다. 얼마 안 있어 그녀는 싯다르타와의 마지막 만남에서 임신했음을 알게 되었다.

강가에서

싯다르타는 도시에서 멀리 떨어진 숲을 걷고 있었는데, 이제는 되돌아갈 수 없다는 것, 여러 해 동안 누려온 생활이 이제 끝났다는 것, 그 생활을 구토가 날 만큼 실컷 맛보고 빨아들였다는 것만을 알 수 있었다. 노래하는 새는 꿈속에서 죽었다. 마음속의 새는 죽었다. 가득 찰 때까지 해면이 물을 빨아들이듯 그는 깊이 윤회에 얽혀서 곳곳에서 구토감과 죽음을 맛보았다. 그는 권태, 비참함, 죽음으로 흠뻑 차 있었으며, 이제 이 세상에서 그를 매혹시키고, 기쁘게 하고, 위로해 줄 수 있는 것은 아무것도 없었다.

더 이상 자신에 관해 알고 싶지 않았다. 쉬고, 죽고 싶은 생각뿐이었다. 벼락이 떨어져서 죽었으면! 호랑이가 나타나 잡아먹었으면! 마취시켜서 망각과 잠을 불러와 다시는 깨어나지 않게 만드는 술, 독약이 있었으면! 대체 내가 접해보지 않은 불결한 것, 아직 저지르지 않은 죄악이나 어리석은 짓, 아직 스스로에게 짐 지우지 않은 그런 정신적 황폐함이 아직도 남아 있을까? 산다는 것이 아직 가능한가? 몇 번이고 계속 숨을 들이 쉬고 내 쉬는 것, 배고픔을 느끼는 것, 또 다시 먹는 것, 또 다시 잠을 자는 것, 또 다시 여자와 자는 것, 이런 것이 과연 가능할까? 나에게는 이런 순환이 끝나 바닥난 것이 아닐까?

싯다르타는 숲에 있는 커다란 강가에 이르렀는데, 전에 청년 시절 그가 고타마의 도시를 떠나올 때 어느 뱃사공이 건네준 바로 그 강이었다. 강가에서 그는 걸음을 멈추었다. 마음을 정하지 못하고 머뭇거리며 그는 기슭에 서 있었다. 피곤하고 굶주리고 힘이 빠졌는데 대체 무엇을 위해서, 어디로, 어떤 목적지로 가야한단 말인가? 아니다, 이젠 아무런 목적지 없이 이 황량한 꿈을 자신에게서 털어내겠다는, 김빠진 술을 토해내겠다는, 이 비참하고 수치스런 삶을 끝내겠다는 마음속 깊은 고통스런 생각밖에는 아무것도 남아있지 않았다.

강기슭에는 나무 한 그루, 야자나무 한 그루가 구부러져 서 있었는데 싯다르타는 그 나무에 어깨를 기대고 한 팔로 나무를 안은 채 하염없이 아래에서 흘러가는 푸른 강물을 바라보다가 문득 나무를 잡은 팔을 풀고 강물로 뛰어들고 싶은 생각으로 가득한 자신을 발견했다. 소름끼치는 공허감이 수면에 비치고 있었다. 섬뜩한 공허가 그의 영혼 속에서 거기에 응했다. 그래, 나는 끝장이다. 이제 나에게는 스스로 소멸하는 일, 실패한 삶의 형상을 박살내서 비웃고 있는 신들의 발치에다 그것을 던지는 일밖에는 없다. 이것이 내가 바라는 위대한 구토이다. 이것은 죽음, 내가 증오하는 형식을 파괴하는 것이다. 나를, 이 개같은 싯다르타를, 이 미친놈을, 죽어 부패한 이 육신을, 축 늘어지고 타락한 이 영혼을 물고기들이 뜯어 먹으면 좋겠다! 물고기와 악어가 뜯어먹는다면, 악마가 나를 찢어버리면 좋겠다!

일그러진 얼굴로 그는 물속을 응시했다. 그리고 거기 비친 자신의 얼굴에 침을 뱉었다. 극도로 지쳐 아래로 떨어져 물에 빠질 생각으로 그는 나무를 감은 팔을 풀고 이리저리 흔들어보았다. 두 눈을 감은 채 죽음을 향해 떨어질 참이었다.

바로 그때 영혼의 동떨어진 귀퉁이에서, 지친 삶의 과거로부터 어떤 소리가 경련하듯 전율하며 울려왔다. 그것은 한마디 말, 한 음절로, 아무런 사고가 담겨있지 않아 저절로 나오는 소리, 모든 브라만들의 기도의 첫 소리이자 마지막 소리, '완전한 것' 또는 '완성'을 의미하는 신성한 '옴'[36]이었다. 이 '옴'이라는 소리가 싯다르타의 귀를 건드리자 그 순간 졸고 있던 정신이 문득 깨어나 그의 행동의 어리석음을 인식하게 되었다.

---

36 Om: 원래 표기는 AUM으로 모음을 길게 발음한다. 힌두교 경전의 처음은 대개 이것으로 시작되는데 A, U, M 세 글자는 베다의 가장 중요한 세 경전을 뜻하며, 때로 힌두교의 대표적인 세 신, 브라마, 비슈누, 시바의 결합을 의미하기도 한다. 깊은 명상 가운데 내 뱉는 옴은 신비한 힘을 가진 것으로 알려져 있다.

싯다르타는 소스라치게 놀랐다. 내가 죽음을 찾을 만큼 방황하면서 길을 잃고 무지스럽게 되었나! 이 소원, 육신을 소멸시켜 안식을 취하고자 하는 이런 어린애 같은 소원이 내 마음속에서 이렇게까지 커졌는가! 지금까지 모든 고통, 모든 환멸, 모든 갈망이 가져다줄 수 없었던 것이, 옴이 그의 의식 안으로 들어온 순간, 그로 하여금 자신의 불행과 오류를 인식하도록 만들었다.

"옴" 그가 안쪽으로 발음하였다. "옴." 그리고 그는 브라만(梵)을, 생명의 불멸성과 잊고 있던 모든 신성(神性)을 다시 의식했다.

하지만 그것은 한순간, 찰나일 뿐이었다. 싯다르타는 야자나무 아래 주저앉아 머리를 나무뿌리에 얹고 깊은 잠에 빠졌다.

깊은 잠에 빠져 그는 꿈도 꾸지 않았다. 오래전부터 이렇게 잠을 자 본 적이 없었다. 몇 시간이 지난 후 잠에서 깨어나자 마치 십년의 세월이 흘러간 것 같았다. 강물 흐르는 소리가 나직이 들렸는데, 지금 어디에 있고 어떻게 여기까지 왔는지 알 수가 없었다. 눈을 뜨고 그는 놀라서 나무와 하늘을 올려다보고 여기가 어디이고 어떻게 여기에 오게 되었는지 기억하려고 했지만, 과거의 일이 마치 베일을 두른 것처럼 끝없이 멀게, 끝없이 아득하고, 끝없이 무관한 것으로 느껴졌다. 그는 다만 지금까지의 삶(의식이 되돌아 온 처음 순간 그것은 마치 아득히 사라진 과거의 형상, 현재 자아의 전생처럼 생각되었다)과 **결별했다는** 것, 구토감과 비참한 마음으로 과거의 삶과 헤어졌다는 것, 강가 야자수 아래에서 옴이라는 성스런 말을 입술에 올리고 정신을 차렸다가 잠이 들었다는 것, 그리고 지금 잠에서 깨어나 새로운 인간으로 세상을 바라보고 있다는 것을 의식할 뿐이었다. 그는 자신을 잠들게 한 옴이라는 말을 나직이 뇌었는데, 방금 자신이 잠들었던 긴 잠 전체가 바로 기나 긴 내면의 옴이라는 언어, 옴이라는 사상이었으며, 무엇이라고 부를 수 없는, 완성된 경지인 옴 안에 자신이 빠져들어 완전히 들어간 것으로 보였다.

이 얼마나 놀라운 잠이던가! 이렇게 상쾌하게 만들고 새롭게 만들고 젊게 만드는 잠을 잔 적은 한 번도 없었다. 혹시 내가 정말로 죽고 소멸되었다가 새 형상으로 태어난 것이 아닐까? 하지만 아니었다. 그는 알고 있었다. 손과 발을 알아보았고, 자신이 있는 장소를 알고 있었다. 그리고 가슴 속의 자아를, 싯다르타를, 이 고집쟁이를, 별난 인간을 알고 있었다. 하지만 싯다르타는 변해서 새로워졌고, 새로워졌다. 놀랍도록 깊은 잠을 잤고, 신기하게도 기쁨과 호기심이 가득한 상태에서 깨어난 것이었다.

몸을 일으켰을 때 싯다르타는 어떤 사람이 맞은편에 앉아 있는 것을 보았다. 웬 낯선 사람, 탁발을 하고 노란 가사를 입고 참선의 자세를 하고 있는 어떤 승려였다. 싯다르타는 머리카락도 수염도 없는 그 승려를 유심히 바라보았다. 그렇게 바라보고 잠시 후 이 승려가 청년 시절 그의 친구, 지존 붓다에게 의탁한 고빈다임을 알아보았다. 고빈다는 늙었고 그것은 싯다르타도 마찬가지였지만 고빈다의 얼굴에는 옛 모습이 그대로 남아 있어 그의 열성, 충직함, 탐구심, 조심성을 그대로 보여주고 있었다. 고빈다가 싯다르타의 시선을 느끼고 눈을 들어 마주 보았을 때 싯다르타는 그가 자기를 알아보지 못하는 것을 알았다. 고빈다는 그가 깨어난 것을 보고 기뻐했는데, 오래 여기에 앉아서 누구인지 모르지만 그가 깨어나기를 기다린 것 같았다. "내가 잠이 들었군요." 싯다르타가 말했다. "어떻게 여기에 오시게 되었나요?"

"당신은 잠이 드셨습니다." 고빈다가 말했다. "뱀이나 들짐승들이 자주 다니는 이런 데서 잠을 자는 것은 좋지 않습니다. 나는 세존 고타마, 붓다 사키아무니의 제자입니다. 마침 순례 일행과 함께 이곳을 지나다가 당신이 위험한 곳에 누워 주무시는 것을 보았습니다. 당신을 깨우려고 했지만 너무도 깊은 잠에 빠진 것을 보고 나는 일행에서 남아서 곁에 앉아 있었습니다. 그런데 잠자는 것을 지키던 내가 그만 잠이 든 모양입니다. 피로에 못 이겨 내 임무를 제대로 못한 겁니다. 이제 당신이 깨어나셨으니 나는 어서 형제들을 따라가야겠습니다."

"사마나님, 자는 것을 지켜 주셔서 감사합니다." 싯다르타
가 말했다. "당신들 지존의 제자들은 친절하시군요. 그럼 가보
시지요."

"선생님, 그럼 가겠습니다. 항상 건강하시기 바랍니다."

"감사합니다, 사마나님."

고빈다가 인사를 하면서 말했다. "안녕히 가십시오."

"안녕히 가시오, 고빈다." 싯다르타가 말했다.

승려가 우뚝 섰다.

"선생님, 죄송하지만 어떻게 제 이름을 아시는지요?"

그러자 싯다르타가 미소를 지었다.

"고빈다, 당신을 알지요, 당신 아버지의 초막 시절, 브라만
의 수행 시절, 제사를 올릴 때, 함께 사마나의 길을 걸을 때, 그
리고 신성한 사원에서 당신이 지존에게 의탁한 그 시절의 당신
을 알고 있습니다."

"싯다르타!" 고빈다가 외쳤다. "이제야 알아보겠습니다. 어
떻게 당장 알아보지 못했는지 알 수가 없네요. 반갑습니다, 싯
다르타. 당신을 다시 만나는 기쁨은 이루 말로 할 수가 없습니
다."

"나 역시 그대를 만나게 되어 기쁩니다. 잠든 동안 날 지켜
줘서 정말 고맙습니다. 사실 아무도 지켜주길 바라지 않았지만
말입니다. 그런데 친구, 어디로 가는 중입니까?"

"목적지가 있는 것은 아닙니다. 우리 승려들은 우기(雨期)가 아니면 언제나 어디론가 가고 있는 중입니다. 언제나 우리는 이곳에서 저곳으로 옮겨가면서 계율에 따라 살며 설법을 전하고 시주를 받고 그리고 다시 옮기는 생활을 합니다. 항상 그렇게 삽니다. 그런데 싯다르타, 그대는 어디로 가고 있는 중인가요?"

싯다르타가 말했다. "친구, 나 역시 마찬가지입니다. 어디를 정하고 가는 것이 아닙니다. 나는 항상 도중에 있을 뿐, 순례의 길을 걷고 있습니다."

고빈다가 말했다. "그대는 순례 중이라고 했지요. 그것을 믿습니다. 하지만 용서하십시오, 싯다르타, 그대는 순례자처럼 보이지 않습니다. 부자의 옷을 입고 귀족의 신을 신고 있어요. 향기 나는 머리카락도 순례자의 머리는 아닙니다. 사마나의 머리카락은 아닙니다."

"친구여, 그대의 말이 옳습니다. 그대는 잘 보았어요. 그대의 날카로운 눈은 모든 것을 보고 있어요. 하지만 나는 내가 사마나라고 말하지는 않았습니다. 나는 그저 순례의 길을 걷고 있다고 말했지요. 그리고 그것은 사실입니다. 나는 순례의 길을 걷고 있어요."

"순례의 길을 걷고 있다니," 고빈다가 말했다. "그런 옷차림과 그런 신, 그런 머리로 순례하는 사람은 별로 없을 겁니다. 여러 해 동안 순례의 길을 다녔지만 그런 순례자는 만난 적이 없습니다."

"그대의 말이 맞습니다, 고빈다. 하지만 오늘 그대는 이런 신을 신고 이런 옷차림을 한 순례자를 만난 것입니다. 친구, 형상의 세계는 무상하다는 것을 기억하십시오. 우리의 의복, 머리 모습,머리카락과 육신은 더할 나위 없이 무상하지요. 지금 나는 부자의 옷을 입고 있어요. 그대는 바로 보았습니다. 부자의 옷을 입고 있는 것은 나 자신이 부자였기 때문입니다. 그리고 나는 속인이나 탕아들과 같은 머리 모양을 하고 있는데, 왜냐하면 내가 바로 그런 그들 중의 한 사람이었기 때문입니다."

"그러면 싯다르타, 지금의 그대는 무엇인가요?"

"모르겠습니다. 그대와 마찬가지로 나도 알 수가 없어요. 나는 지금 도중에 있습니다. 나는 부자였지만 지금은 아닙니다. 내일 내가 무엇이 될지는 지금 알 수가 없습니다."

"그럼 재산을 잃어버렸나요?"

"잃어버렸습니다. 아니 재산이 나를 잃어버렸는지도 모릅니다. 어쨌든 그것은 나를 떠났어요. 형상의 바퀴는 빨리 돕니다, 고빈다. 브라만 싯다르타는 어디에 있습니까? 사마나 싯다르타는 어디에 있습니까? 부자 싯다르타는 어디에 있나요? 무상한 것은 빨리 변합니다. 고빈다, 그대도 그것을 알 것입니다."

고빈다는 의아한 시선으로 젊은 날의 친구를 한동안 바라보았다. 그는 고귀한 사람에게 하듯이 인사를 하고 떠났다.

미소를 띠운 채 싯다르타는 친구의 뒷모습을 바라보았다. 그는 여전히 그 성실한 친구, 고지식한 친구를 사랑했다. 그리고 그토록 신비한 잠에서 깨어난 그 순간, 이 찬란한 시간에 옴으로 충만한 그가 어떻게 누구인들, 무엇인들 사랑하지 않을 수 있겠는가! 모든 것을 사랑하게 된 것, 눈에 보이는 모든 것에 대해 행복한 사랑으로 충만하게 된 것, 이 점이야말로 잠에서, 옴을 통해서 싯다르타에게 일어난 신비스런 마술이었다. 그리고 이제 싯다르타에게는 자신이 과거에 너무도 심하게 병이 들어 아무것도, 누구도 사랑할 수 없었음을 생각했다.

미소를 담고 싯다르타는 떠나가는 승려의 뒷모습을 바라보았다. 잠은 그를 강하게 해 주었지만 굶주림은 몹시 괴로웠다. 사실 그는 이틀 동안 완전히 굶었고, 굶주림에 단련되었던 시절은 까마득한 옛날이었다. 마음 아프게, 그러면서도 웃음으로 그는 그 시절을 회상했다. 당시 그는 카말라 앞에서 세 가지를 자랑했다. 사실 그는 소중하고 극복하기 힘든 세 가지 기술, 단식과 인내와 사고를 할 수 있었다. 그것이 그의 재산이었고, 그의 힘, 능력, 든든한 지주였다. 부지런하고 고생스럽던 젊은 날 그가 습득한 것은 이 세 가지 재주뿐이었다. 그런데 이제 그런 것들은 그를 떠났고, 단식도 인내도 사고도 아무것도 남아있지 않았다. 쓸모없는 것들을 위해 그가 그런 재주를 내버린 것이다. 무상한 것을 위해, 감각적인 쾌락을 위해, 안락한 생활을 위해, 부귀를 위해서였다. 그가 걸어온 길은 참으로 이상했다. 이제 그는 완전히 일개 소인이 되어 있었다.

싯다르타는 자신의 상황에 대해서 곰곰이 생각해 보았다. 생각하는 것이 지금의 그에게는 힘이 들었고 근본적으로는 그럴 기분이 아니었지만 그는 억지로 생각을 해보았다.

그는 생각했다. 이제 이런 덧없는 것들이 나한테서 떨어져 나갔고, 나는 이제 다시 어린아이처럼 태양 아래 서 있다. 내 것은 아무것도 없고, 나는 아무것도 할 수 없고, 아무런 힘도 없고, 아무것도 배우지 못한 상태이다. 정말로 이상하다! 더 이상 젊지 않고 반백이 된 지금, 힘이 다 빠진 지금 나는 다시 원점으로 돌아가 어린아이 상태에서 다시 시작해야만 한다! 그는 미소 짓지 않을 수 없었다. 그래, 내 운명은 정말 기구하다! 내 운명은 내리막 길을 걷고 있고, 다시 빈손으로, 벌거숭이에다 어리석은 채 이 세상에 서 있다. 하지만 그것이 사실이라 해도 그는 비통한 기분이 아니라 아니, 오히려 웃고 싶은 커다란 충동, 자신에 대해 웃고 싶은, 이상하고 어리석은 이 세상에 대해서 웃고 싶은 커다란 충동을 느꼈다.

"너는 내리막길을 걷고 있다." 그는 혼잣말을 하고 웃음을 터트렸다. 혼잣말을 하면서 시선을 강으로 향했는데 강물 역시 아래로, 언제나 아래로 흐르면서 노래 부르고 즐거워하는 것을 보았다. 그것이 마음에 들어 그는 강물에 다정하게 미소를 보냈다. 이곳은 바로 내가 옛날에, 백 년 전에 빠져 죽으려고 했던 그 강이 아닌가? 아니면 그것이 꿈이었나?

내 인생은 정말 이상하다, 라고 그는 생각했다. 기이한 우회로를 지나왔다. 소년 시절 나는 오로지 신들과 제사에만 관심을 두었다. 젊은 시절에는 오로지 고행, 명상, 침잠에만 관심을 쏟고 우주의 최고 진리인 브라만을 추구하고, 아트만 안에 있는 영원한 것을 숭배했다. 청년이었을 때는 수행자들을 따라가 숲에서 살았고, 더위와 추위를 견디고 굶는 법을 배우고, 육신을 죽이는 법을 배웠다. 그러다가 놀랍게도 위대한 붓다의 가르침에서 깨달음을 얻어 세상의 단일성[37]에 대한 지식이 마치 피처럼 자신의 내면에서 순환하고 있음을 알게 되었다. 그러나 붓다로부터도, 이 모든 지식으로부터도 다시 떠나지 않으면 안 되었다. 떠돌다가 카말라를 만나 그녀에게서 사랑의 쾌락을 배우고, 카마스와미에게서 장사를 배우고, 돈을 모으고, 돈을 낭비하고, 위(胃)를 사랑하는 법을 배우고, 감각을 달래는 법을 배웠다. 여러 해 동안 정신을 잃어버리고, 사색하는 법을 잊어버리고, 단일성을 잊어버리는 생활을 하면서 세월을 허송했다. 내

---

37 헤세의 대표적 사상 중의 하나인 단일성(Einheit)은 선과 악, 삶과 죽음처럼 서로 대립되는 것처럼 보이는 것들이 실상은 하나라는 것이다. 이 단일성에 대한 인식을 헤세는 기독교적 이원론을 뛰어넘는 동양적 사고로 생각했다.

가 어른이 어린아이가 되는, 사색가가 소인이 되는 거꾸로 된 우회로를 천천히 돌아온 것 아닐까? 하지만 그 길은 무척 좋았고 내 마음속의 새도 죽지 않았다. 하지만 길이 왜 이렇게도 험난할까! 결국 다시 어린아이가 되어 다시 새롭게 시작하기 위해서 나는 얼마나 많은 어리석은 짓, 악덕, 오류, 불쾌함, 환멸, 비참함을 거치지 않으면 안 되었는가! 하지만 그것이 제대로 난 길이라고 내 마음은 말하고 있고, 나의 두 눈은 웃음 짓고 있다. 내가 절망을 체험하지 않으면 안 되고 모든 생각들 중에서 가장 어리석은 생각, 자살 생각까지 할 정도로 나락의 구렁텅이에 떨어지지 않으면 안 되었던 것은 자비를 체험하기 위해서, 옴을 다시 듣기 위해서, 다시 제대로 잠을 자고, 제대로 깨어나기 위해서였다. 내가 바보가 되지 않으면 안 되었던 것은 나의 내면에서 다시 아트만을 발견하기 위해서였다. 내가 죄를 저지르지 않으면 안 되었던 것은 다시 새로운 삶을 살기 위해서였다. 나의 길은 앞으로 나를 어디로 이끌어 갈 것인가? 이길은 미련하고, 꼬불꼬불하고, 아마 원형인지도 모른다. 상관없다. 길이 어떻든 나는 이 길을 가겠다.

놀랍게도 그는 가슴 속에서 기쁨이 솟구치는 것을 느꼈다.

대체 어디에서 이 기쁨이 오는지 그는 마음에게 물었다. 이렇게 상쾌하게 만들어 준 길고 기분 좋은 잠에서 온 것일까? 아니면 입에 올린 옴이라는 말에서 온 것일까? 아니면 내가 빠져

나왔다는 것, 나의 도주가 완성되었다는 것, 내가 마침내 다시 자유로워져서 아이처럼 하늘 아래에 서 있기 때문인가? 이 탈피, 자유로워진 이 상태는 얼마나 좋은지 모른다. 이곳의 공기는 이렇게 아름답고 순수하여 들여 마시기 정말 좋다. 내가 빠져나온 곳, 그곳에서는 모든 것에 향유, 향료, 술, 포만과 타성의 냄새가 났다. 그 부자의 세계, 미식가, 도박꾼의 세계를 나는 얼마나 증오했던가! 그 끔직스런 세계에 그렇게 오래 머무는 것에 대해 나 자신을 얼마나 증오했던가! 얼마나 자신을 증오하고, 내버리고, 해치고, 학대하고, 스스로 늙게 만들고, 악하게 만들었던가! 아니다, 전에는 그렇게 생각했지만 이제 나는 싯다르타가 현명하다는 착각을 하지 않을 것이다. 하지만 나 자신에 대한 증오나 어리석고 황량한 생활에 종지부를 찍은 일은 잘한 일이고, 마음에 드는 일, 칭찬할 만한 일이다. 싯다르타, 너를 칭찬한다. 그토록 오래도록 세월을 어리석게 보내고도 갑자기 생각을 떠올려 결단을 내리고, 가슴 속의 새가 노래하는 것을 듣고 그 새를 따라나선 것을 칭찬한다!

그렇게 그는 자신을 칭찬하고, 스스로에 대해 기쁨을 느꼈다. 그리고 허기가 져서 소리를 내는 위장의 소리를 신기하게 들었다. 그는 마치 이 며칠 동안 고통과 불행을 밑바닥까지 맛보고 토해낸 것처럼, 절망과 죽음에 이르기까지 씹어 삼킨 것 같았다. 그것은 좋은 일이었다. 그렇지 않았다면 그는 카마스와미와 함께 돈을 끌어 들이고 탕진하며 배를 기름지게 하면서 영혼을 목마르게 했을 것이다. 아직도 안락하고 푹신한 그 지옥에 살고 있을 것이다. 만약 이런 순간, 완전히 희망을 잃은 절망의 순간, 흐르는 강물로 떨어져 죽으려고 작정한 극단의 순간이 없었더라면 그렇게 되고 말았을 것이다. 이 절망, 깊은 구토감, 그리고 거기에 굴하지 않은 것, 행복의 근원이자 목소리인 새가 아직도 내면에 살아 있다는 것, 이런 것에 대해 그는 기쁨을 느꼈고, 거기에 대해 웃음짓고, 반백의 얼굴은 기쁨으로 빛났다.

"필연적으로 알아야할 모든 것을," 그는 생각했다. "몸소 맛보는 일은 좋은 일이다. 나는 세속의 쾌락이나 부귀가 좋은 것이 아니라고 어린아이 때부터 배웠다. 그것을 안 것은 오래지만 그것을 체험한 것은 지금이다. 이제 나는 그것을 알고 있다. 단지 생각으로 아는 것이 아니라 눈, 심장, 위장으로 알고 있다. 그것을 아는 것은 좋은 일이다."

한참을 그는 자신의 변화에 관해 생각해 보았고, 기쁨에 넘쳐 노래하는 새소리에 귀를 기울였다. 그렇다면 나의 내면의 새는 죽지 않았고, 죽음을 느끼지 않은 것인가? 그렇다, 나의 내부에서 다른 무엇인가가 죽은 것이다. 이미 오랫동안 죽음을 동경해 온 그 무엇이 죽은 것이다. 그것은 내가 일찍이 뜨거운 태양 아래에서 참회에 열중하던 때 말살하려고 오래 싸워온 그것이 아닐까? 죽은 것은 바로 나의 자아, 작고 불안하고 자만심에 가득한 자아, 수 년 동안 내가 싸워왔고, 항상 나를 이겼고, 내가 죽인 다음에도 계속 남아서 나로 하여금 기쁨을 못 느끼게 만들고 두려움을 갖도록 만든 그 자아가 아닐까? 여기 이 다정한 강가의 숲에서 오늘 아침에 죽은 것은 바로 그것이 아닐까? 내가 지금 어린아이처럼 이렇게 신뢰에 충만해서 아무런 두려움 없이 기쁨이 가득찬 것은 이것이 죽었기 때문 아닐까?

이제 싯다르타는 그가 왜 브라만으로, 참회자로 자아와 싸웠지만 헛수고였는지 어렴풋이 알게 되었다. 너무 많은 지식, 너무 많은 경전의 구절, 너무 많은 제사의 규칙, 지나친 금욕, 지나친 실천과 분투가 자아를 죽이는 데 방해가 되었다. 그는 자만심이 가득했고, 항상 가장 현명한 사람, 가장 부지런한 사람, 누구보다도 한걸음 앞선 사람, 학식 있는 사람, 지적인 사람, 승려 아니면 현자였다. 이 승려라는 존재감 속에, 이 오만 속에, 이 정신적인 것 안에 그의 자아가 웅크리고 확고하게 자리 잡고 앉아 자라고 있었는데 그것을 단식, 참회로 없애려고 헛된 고생을 한 것이다. 이제 그는 알게 되었다. 비밀스런 음성이 옳다는 것, 어떤 스승도 그를 가르침으로 구해줄 수 없다는 것을 알게 되었다. 그 때문에 그는 세상으로 들어갈 수밖에 없었고 쾌락과 권세, 여자와 돈에 빠져들지 않으면 안 되었고, 장사꾼이 되고 노름꾼이 되고 주정꾼이 되고 탐욕자가 되지 않을 수 없었으며 결국 내면의 승려와 사마나가 죽어 없어져야만 했다. 종말에 이르기 위해서, 쓰디 쓴 절망에 이르기 위해서, 그것과 더불어 방랑자 싯다르타, 탐욕자 싯다르타가 죽기 위해서 그 끔직스런 몇 해를 견디지 않으면 안 되었고, 혐오감, 황량하고 타락한 생활의 무의미와 공허를 견디지 않을 수 없었다. 그는 죽었고, 새로운 싯다르타가 잠에서 깨어났다. 하지만 그 역시 늙어서 언젠가는 죽어야할 것이다. 싯다르타는 무상한 존재이며, 무릇 모든 형상은 무상하다. 하지만 오늘 나는 젊고, 어린아이, 새로운 싯다르타이고 기쁨으로 충만해 있다.

이런 생각을 하면서 그는 미소 띤 얼굴로 자신의 위장에 귀를 기울이고 감사한 마음으로 벌이 윙윙대는 소리를 들었다. 상쾌한 기분으로 그는 흐르는 강을 바라보았다. 지금의 이 강만큼 마음에 드는 강을 전에는 본 적이 없었다. 유유히 흘러가는 강물의 소리와 모습이 이렇게 힘차고 아름답게 들린 적은 없었다. 마치 이 강이 특별한 무엇을, 그가 아직 알지 못하지만 그를 기다리고 있는 무엇인가를 말하는 것 같았다. 싯다르타는 이 강에 빠져 죽으려 했고, 지치고 절망에 빠진 과거의 싯다르타는 정말로 이 강에 빠져서 죽었다. 하지만 이제 새로운 싯다르타는 흐르는 이 강물에 깊은 사랑을 느꼈고 다시는 쉽사리 이 강을 떠나지 않을 작정이었다.

뱃사공

이 강가에서 지내야겠다, 라고 싯다르타는 생각했다. 이곳은 내가 전에 소인들에게 갈 때 건너간 강인데 그때 어느 친절한 뱃사공이 나를 건네주었다. 그 사람한테 가야겠다. 이젠 낡아서 죽어버린 삶이지만 당시 그 사람의 오두막에서 새로운 삶이 시작되었지. 지금의 내 길, 지금의 새로운 내 삶도 그곳에서 출발하면 좋겠다.

사랑이 넘치는 눈길로 그는 흘러가는 강물을, 투명한 푸른 빛을, 신비스런 파문을 그리는 수정 같은 물결을 바라보았다. 물밑에서 반짝이는 진주가 솟아오르는 것을, 잔잔한 물거품이 이는 수면 위로 푸른 하늘이 비치는 것을 보았다. 강물은 수천의 눈으로 그를 바라보았다. 파랗고, 하얗고, 수정 같은 눈으로, 혹은 하늘빛 눈으로 바라보고 있었다. 이 강을 너무도 사랑한다, 이 강은 너무도 매혹적이야, 강이 정말 고맙다! 그는 마음속에서 새롭게 깨어나는 음성을 들었는데, 그 음성은 이렇게 말했다. 이 강물을 사랑하라. 이 강 곁에 머물러라. 강에서 배워라. 그렇다, 그는 강에서 배우고, 강의 소리에 귀를 기울이고자 했다. 강과 강의 비밀을 이해하는 사람은 다른 많은 것을, 많은 비밀을, 모든 비밀을 이해할 수 있을 것이다.

강의 많은 비밀 중에서 그는 오늘 한 가지만을 보았지만, 그것은 그의 영혼을 사로잡았다. 그는 강이 흐르고 또 흘러 영원히 흘러가지만 언제나 거기에 있으며 언제나 같은 강물이며 순간마다 새롭다는 것을 알았다. 누가 이것을 포착하고 이것을 알 수 있을까! 싯다르타 역시 그것을 알거나 포착하지는 못했지만 예감이 일어나는 것을, 아득한 기억이, 신의 음성이 들려오는 것을 느낄 뿐이었다.

싯다르타는 일어났는데 굶주림을 참을 수가 없었다. 배고픔을 견디면서 그는 강가를 따라 강물을 거슬러 올라가며 물소리에 귀를 기울였고, 굶주려서 뱃속에서 꾸르륵대는 소리를 들었다.

나루터에 도착해보니 나룻배가 있었고 전에 젊은 사마나를 건네준 사공이 배 안에 있었는데, 사공 역시 많이 늙었지만 싯다르타는 그를 알아보았다.

"저를 건네주시겠습니까?" 싯다르타가 물었다.

그렇게 신분이 높은 사람이 혼자서 걸어온 것을 보고 사공은 놀라서 그를 나룻배에 태우고 출발했다.

"멋진 인생을 택하셨습니다." 손님 싯다르타가 말했다. "매일 이 강가에서 생활하면서 강을 건너는 것은 멋진 일임에 틀림없습니다."

미소를 지으면서 사공이 대답했다. "멋진 일입니다, 선생님. 그렇습니다. 하지만 모든 삶, 모든 일이 전부 멋진 것 아닐까요?"

"그런지도 모르지요. 하지만 나는 당신의 일이 부럽습니다."

"하지만 곧 이 일에 흥미를 잃으실 겁니다. 이것은 좋은 옷을 입은 분들이 할 일이 아닙니다."

싯다르타가 웃었다. "나는 오늘 이미 한번 이 옷 때문에 주목을, 불신이 가득한 주목을 받은 일이 있었습니다. 사공님, 부담스런 이 옷을 받아주시겠습니까? 나는 당신께 치를 뱃삯이 없다는 것을 아셔야 합니다."

"손님께서 농담을 하시네요." 사공이 웃었다.

"농담이 아닙니다. 보십시오, 전에 한번 당신은 삯을 받지 않고 나를 건네준 적이 있습니다. 오늘도 그렇게 해 주시고 그 대가로 옷을 받아주십시오."

"그러면 옷도 입지 않고 여행을 계속하실 건가요?"

"내가 진심으로 원하는 것은 여행을 계속하지 않는 것입니다. 사공님, 당신이 나에게 헌옷 한 벌 주시고 나를 조수, 아니 제자로 받아주셨으면 합니다. 일단 배에 관해 배워야하니까요."

사공은 낯선 사람을 탐색하듯 바라보았다.

"이제야 알아보겠습니다." 드디어 그가 말문을 열었다. "언젠가 당신은 나의 누추한 거처에서 잠을 잔 적이 있습니다. 무척 오래전 일입니다. 20년도 더 된 일 같은데 그때 나는 당신을 강을 건네주었습니다. 우리는 좋은 친구처럼 헤어졌지요. 당신은 사나마가 아니었나요? 당신 이름은 이제 기억이 나지 않습니다."

"내 이름은 싯다르타이고, 당신이 나를 마지막으로 보았을 때는 사마나였습니다."

"반갑습니다, 싯다르타. 내 이름은 바수데바[38]입니다. 당신이 오늘도 내 손님이 되어 내 집에서 주무시기 바랍니다. 당신이 어디서 오는 길이고 그 좋은 옷이 왜 당신에게 그렇게 귀찮은지 이야기해 주기 바랍니다."

그들은 강의 가운데에 다다랐고, 물결을 거슬러가기 위해서 바수데바는 노를 움켜쥔 손에 더욱 힘을 주었다. 뱃머리에 시선을 보내면서 억센 팔로 그는 말없이 노를 저었다. 싯다르타는 앉아서 그를 바라보면서 지난 일을 회상했다. 사마나 시

---

38 Vasudeva: 산스크리트어에서 바스(Vas)는 머무르다, 깃들다의 뜻으로, 모든 것이 그의 안에 깃들어 있고, 동시에 모든 것에 머무는 사람이라는 뜻으로 보인다.

절의 마지막 날 얼마나 이 사람에 대한 사랑이 내 가슴에 용솟음 쳤던가! 감사하는 마음으로 그는 바수데바의 초대를 받아들였다. 건너편 강가에 닿았을 때 그는 바수데바가 배를 말뚝에 묶는 것을 도왔다. 뱃사공이 빵과 물고기를 내놓자 그는 맛있게 먹었고 바수데바가 권하는 망고도 맛있게 먹었다.

해가 질 무렵이었는데, 그들은 강기슭에 서 있는 나무의 그루터기에 걸터앉았다. 싯다르타는 사공에게 자신의 내력과 인생을, 그리고 오늘 절망의 순간에 자신의 인생이 어땠는지 이야기했다. 이야기는 밤늦게까지 계속되었다.

바수데바는 주의 깊게 그의 말에 귀를 기울였다. 그는 싯다르타가 이야기하는 내력, 어린 시절, 공부, 모색, 기쁨, 곤경, 이 모든 것을 들으면서 자신의 내면에 받아들였다. 이것이야말로 사공의 가장 큰 미덕 중의 하나였으니, 남의 이야기를 그만큼 잘 들어주는 사람은 별로 없었다. 이야기하고 있는 싯다르타는 바수데바가 한마디 말도 없이 그의 말을 조용히 마음을 터 넣고 느긋하게 마음에 받아들이고 있음을, 자신이 하는 말을 하나도 놓치지 않고, 다음 말을 초조하게 기다리는 법 없이, 말하는 도중에 칭찬하거나 나무라지도 않고 귀 기울여 듣고 있는 것을 느꼈다. 싯다르타는 이렇게 말을 들어주는 사람에게 고백하는 것, 자신의 생애, 모색, 고뇌를 그런 사람에게 털어 놓는 것이 무척 행복했다.

이야기의 끝 무렵 싯다르타가 강가의 나무 이야기, 강물에 뛰어들려고 한 이야기, 성스러운 옴 이야기, 그리고 깜박 잠에서 깨어난 후 얼마나 그가 강에 대해 사랑을 느끼게 되었는지 이야기를 할 때 뱃사공은 두 배나 관심을 가지고 완전히 몰입해서 눈을 감고 그의 이야기에 귀를 기울였다.

그러다가 싯다르타가 말을 하지 않고 한참 침묵하자 바수데바가 입을 열었다. "내가 생각하던 대로입니다. 강이 당신에게 말을 한 것입니다. 강은 당신에게 친구가 되어 당신에게 말을 건넨 것입니다. 잘되었습니다, 정말 잘된 일입니다. 싯다르타, 친구여, 내 집에 머무르십시오. 한때 나에게는 아내가 있었고 그녀의 잠자리는 내 곁이었지만 이미 오래 전에 세상을 떠나 나는 오랫동안 혼자 지내왔습니다. 이제 나와 함께 지냅시다. 두 사람이 지낼 공간과 식량은 있습니다."

"감사합니다." 싯다르타가 말했다. "고마운 마음으로 호의를 받아드리겠습니다. 그리고 바수데바, 제 말에 그렇게 귀 기울여주신 것에 대해서도 감사드립니다. 남의 말을 귀담아 들을 줄 아는 사람은 드물지요. 그리고 당신만큼 남의 말에 귀를 기울이는 사람을 나는 본 적이 없습니다. 그런 것도 나는 당신에게서 배우게 되겠지요."

"그것을 배우겠지만," 바수데바가 말했다. "나한테서는 아닙니다. 귀담아 듣는 것을 나는 강에서 배웠습니다. 당신도 강으로부터 그것을 배우게 될 겁니다. 강은 모든 것을 알고 있어서 우리는 모든 것을 강으로부터 배울 수 있습니다. 보십시오, 당신도 이미 강물로부터 아래로 내려가는 것, 가라앉는 것, 깊이를 추구하는 것이 좋은 일이라는 것을 배웠습니다. 부귀를 누리던 싯다르타가 노 젓는 비천한 사람이 되는 것, 학식 높은 브라만 싯다르타가 사공이 되는 것, 이런 것도 강이 당신에게 들려준 말입니다. 당신은 강으로부터 다른 것도 배우게 될 것입니다."

긴 침묵이 흐른 후 싯다르타가 말했다. "바수데바, 어떤 다른 것 말인가요?"

바수데바가 몸을 일으켰다. "시간이 늦었습니다." 그가 말했다. "이제 잠자리에 듭시다. 친구, 당신에게 다른 것이 무엇이라고 말해 줄 수는 없습니다. 그것을 당신은 배우게 될 것입니다. 어쩌면 이미 알고 있는지도 모릅니다. 보십시오, 나는 학자가 아니고, 말하는 능력도, 사색하는 능력도 없습니다. 나는 남의 말을 경청하는 법과 경건해지는 법만을 배웠을 뿐 그밖에는 배운 것이 없습니다. 만약에 내가 그것을 말하고 가르칠 수 있는 능력이 있다면 아마 나는 현자가 되었겠지요. 하지만 나는 일개 뱃사공에 불과하고 내 임무는 강을 건네주는 일입니다. 나는 많은 사람들, 수천의 사람들을 건네주었습니다. 그들에게는 강이 여행에서 단지 장애물에 불과했습니다. 사람들은 돈과 장사를 위해 여행을 하고 혼례, 또는 순례를 위해 가기도 하는데, 그들에게 강은 장애이고 그들에게 장애를 신속하게 해결해 주는 것이 사공입니다. 하지만 수천 명 가운데 몇 사람에게, 아주 몇 안 되는 너댓 사람에게 이 강은 장애물이 아니었는데, 그 까닭은 그들이 강의 음성을 듣고, 거기에 귀를 기울인 때문입니다. 나처럼 그들에게도 강은 성스런 것이 되었습니다. 싯다르타, 이제 가서 쉬도록 하지요."

싯다르타는 사공과 함께 지내면서 배 다루는 법을 배웠고 배에서 일이 없을 때에는 논에 나가 일을 하거나 나무를 해오거나 바나나를 땄다. 그는 노 만드는 것을 배웠고 배 수선하는 것을 배웠고 바구니 짜는 것을 배웠는데 배우는 이 모든 일에 즐거워했다. 이렇게 지내는 동안 세월은 빨리 흘러갔다. 바수데바가 가르칠 수 있는 것 이상으로 강은 싯다르타에게 많은 것을 가르쳐주었다. 강으로부터 그는 계속 배웠다. 무엇보다도 강으로부터 고요한 마음으로 귀 기울이는 것, 기다리는 열린 마음으로 아무런 격정과 바램, 비판, 의견 없이 귀 기울이고 듣는 법을 배웠다.

바수데바와 더불어 그는 정답게 살았다. 이따금 서로 대화를 주고받기도 했는데 몇 마디 밖에 안 되어도 오랫동안 숙고한 말 이었다. 바수데바는 말을 좋아하는 사람이 아니어서 싯다르타가 말문을 열게 만들기가 힘들었다.

"당신은 말입니다," 싯다르타가 언젠가 그에게 물었다. "강물로부터 시간이 존재하지 않는다는 그 비밀을 배웠습니까?"

바수데바의 얼굴이 환한 미소로 가득했다.

"그렇습니다, 싯다르타." 그가 말했다. "당신이 말하려는 것은 강물은 어디에나 동시에 존재한다는 것, 원천이나, 강어귀나, 폭포나, 나루터나, 여울이나, 바다나, 산에 도처에 동시에 존재하고 있으며, 강에게는 현재만이 있을 뿐임으로 과거라는 그림자도, 미래라는 그림자도 없다는 것이지요?"

"그렇습니다." 싯다르타가 말했다. "그리고 그것을 알고 내 인생을 다시 바라보니 내 인생 역시 하나의 강이었습니다. 소년 싯다르타는 장년 싯다르타, 노년 싯다르타와 단지 그림자에 의해 나누어져 있을 뿐, 현실적인 것에 의해 나누어져 있지 않다는 것을 알게 되었습니다. 싯다르타의 전생은 과거의 일이 아니고, 싯다르타의 죽음이나 브라만으로 돌아가는 것 또한 미래가 아닙니다. 과거는 없고, 미래도 없을 것입니다. 현존하는 것이 전부이며, 전부는 본질과 현재를 지니고 있습니다."

싯다르타는 황홀한 기분으로 말했는데 이런 각성이 그를 무척 기쁘게 만들기 때문이었다. 일체의 번뇌는 시간이 아닌가, 모든 괴로움과 두려움도 시간이 아니고 무엇인가. 그렇다면 모든 힘겨운 일과 모든 적대감은 인간이 시간을 극복하는 그 순간, 시간이란 것이 없다고 생각할 수 있는 그 순간 제거되고 극복될 수 있지 않을까? 황홀한 기분으로 그는 말을 계속했다. 바수데바는 환하게 미소를 띠며 그의 말이 옳다고 고개를 끄덕일 뿐이었다. 그는 말없이 고개만 끄덕이다가 손으로 싯다르타의 등을 쓰다듬고 하던 일로 몸을 돌렸다.

언젠가 우기여서 강물이 불어나 무서운 소리를 내며 흘러가고 있을 때 싯다르타가 이렇게 말했다. "보십시오, 친구, 강이 많은 음성, 아주 많은 음성을 가지고 있지 않습니까? 강은 왕, 전사(戰士), 황소, 나이팅게일 새, 출산하는 여성, 탄식하는 사람의 음성과 그 외에도 수천 가지 소리를 갖고 있지 않나요?"

"그렇습니다." 바수데바가 고개를 끄덕였다. "강의 소리에는 피조물의 온갖 소리가 다 들어 있습니다."

"그렇다면," 싯다르타가 말을 이었다. "만일 강의 수천 가지 음성을 동시에 들을 수 있다면 그때 강이 하는 말은 무엇인지 아시겠습니까?"

바수데바의 얼굴이 행복하게 웃었다. 그는 싯다르타를 향해 머리를 숙이더니 그의 귀에다 대고 신성한 소리 옴이라고 대답했다. 그것은 싯다르타도 들었던 바로 그 소리였다.

점점 더 싯다르타의 미소는 바수데바의 미소와 닮아갔다. 사공의 미소와 거의 비슷하게 환히 빛나고 거의 비슷하게 행복을 발하고, 그와 마찬가지로 수천의 잔주름에서 빛이 나고, 그와 똑같이 어린아이 같고 똑같이 노인다워졌다. 많은 나그네들이 이 두 사람을 보면 형제로 생각했다. 그들은 종종 저녁이면 강 언덕 나무 아래 앉아 말없이 강물의 소리에 귀를 기울였다. 그들에게 그것은 물이 아니라 삶의 소리, 현존하는 것의 소리, 영원히 변화되는 것의 소리였다. 때로는 둘이서 강의 소리를 들으면서 똑같은 대상을 생각하는 적이 있었다. 며칠 전의 대화를, 어느 나그네를, 그들을 사로잡고 있는 나그네의 얼굴과 운명을, 죽음을, 그들의 어린 시절을 동시에 생각하는 일이 종종 일어났다. 강에서 좋은 소리를 들을 때면 그들은 동시에 같은 것을 생각하면서 마주 보고 같은 질문에 대한 같은 대답에 행복을 느낀 적이 종종 있었다.

이 나루터와 두 사공에게는 무엇인지 깃들어 있어서 여행자들 중 많은 사람들이 그것을 느꼈다. 때로 어떤 여행자는 두 사공 중의 한 사람의 얼굴을 보고 그의 인생을 말하기 시작하여 괴로움을 말하고 악을 고백하고 충고와 위로를 부탁하기도 했다. 때로 어떤 여행객은 하루 저녁을 그들 집에 머물며 강의 소리를 듣고 싶다고 부탁했다. 호기심 많은 사람들은 이 나루에 두 사람의 현자, 마법사, 아니면 성자가 살고 있다는 말을 듣고 찾아 왔다. 호기심 많은 사람들은 많은 질문을 했지만 아무런 대답도 듣지 못했고, 마법사도 현자도 만나지 못한 채 단지 말 없고 어딘가 이상하고 멍청해 뵈는 친절한 두 노인을 발견할 뿐이었다. 그래서 호기심 많은 사람들은 웃으면서 중생들이 어리석고 경솔해서 이런 소문을 퍼트렸다고 말했다.

세월은 흘러갔지만 아무도 그것을 헤아리지 않았다. 그러던 어느 날 고타마, 붓다의 제자인 한 떼의 승려들이 순례 중에 몰려와 강을 건네줄 것을 청했다. 두 사공은 승려들이 서둘러 위대한 스승에게 되돌아가고 있다는 것, 지존께서 중병이 들어 이제 곧 인간으로서의 마지막 죽음을 겪고 해탈의 경지에 들어가실 것이라는 소문이 널리 퍼져있는 것을 알게 되었다. 얼마 되지 않아 새로운 무리의 승려들이 몰려왔고 다시 새로운 무리가 몰려왔는데, 승려와 마찬가지로 다른 여행자나 길손들 대부분이 고타마와 임박한 그의 임종에 관해서만 말하고 있었다. 마치 출정 전사의 행렬이나 제왕의 대관식에 사방에서 사람들이 몰려와 개미처럼 떼를 지어 마치 마법에 끌려가듯이 물밀듯이 밀려가고 있었다. 위대한 붓다가 입적을 기다리는 곳, 엄청난 일이 일어나고 있는 곳, 한 시대의 위대한 완성자가 열반에 이르려한다는 그곳으로 가고 있었다.

싯다르타는 그 시간 동안 세상을 떠나는 학자이자 위대한 스승에 관해 많은 생각을 했다. 중생을 일깨주고 수십만의 사람을 깨우쳐준 그의 음성, 일찍이 자신의 귀로 들었던 그의 음성, 경외심을 가지고 바라보았던 그의 거룩한 얼굴을 생각해보았다. 정다운 마음으로 그분을 생각해보고 그의 완성의 길을 눈앞에 그려보았으며 일찍이 자신이 젊었을 때 지존을 향해서

한 말을 미소로 회상했다. 지금 생각해보면 오만하고 건방진 말이라고 그는 미소 지으며 그 말을 다시 생각해 보았다. 그의 가르침을 그대로 받아들일 수는 없지만 이미 오래전부터 그는 고타마와 유리되지 않았다는 것을 알고 있었다. 그렇다, 진실로 구하는 자, 참으로 찾고자 하는 자는 아무런 가르침도 받아들일 수 없다. 그러나 찾은 자는 어떤, 그 어떤 가르침, 어떤 방법, 어떤 목표라도 받아들일 수가 있고, 그런 사람은 영원 속에 살면서 신성을 호흡하는 수천의 다른 사람들과 어떤 일이 있어도 결코 갈라질 수 없다.

그토록 많은 사람들이 입적을 앞둔 붓다를 찾아가는 어느 날 한때 가장 아름다운 기생이던 카말라도 붓다를 향해 길을 떠났다. 이미 오래 전부터 그녀는 과거의 생활에서 물러나 정원을 고타마의 승려들에게 시주하고 붓다의 가르침에 귀의하여 순례자들의 친구이자 후원자가 되었다. 고타마의 입적이 가깝다는 소식을 듣자 그녀는 아들인 소년 싯다르타와 함께 간단한 차림으로 걸어서 길을 나섰다. 아들과 함께 강가에 이르렀을 때 아이는 지쳐서 집에 돌아가자고, 쉬자고, 먹을 것을 달라고 보채고 떼를 쓰며 징징댔다. 카말라는 자꾸만 그 아이와 쉴 수밖에 없었는데, 아이가 어머니에게 고집을 부리는 데 습관이 들어있어서 어머니는 아이에게 먹을 것을 주고 달래고 야단치는 수밖에 없었다. 아이는 왜 어머니와 함께 이렇게 힘들고 슬

폰 순례의 길을 가야 하는지, 알지도 못하는 곳으로, 성자인데 죽음을 맞고 있는 낯선 사람에게 왜 가야 하는지 영문을 몰랐다. 죽으면 죽었지 그것이 나와 무슨 상관이란 말인가!

순례객들이 바수데바의 나루터에서 멀리 않은 곳에 이르렀을 때 어린 싯다르타는 다시 쉬어가자고 어머니를 졸랐다. 카말라 자신도 지쳐서 어린아이가 바나나를 먹는 동안에 땅바닥에 웅크리고 앉아 잠시 눈을 감고 쉬었다. 그런데 갑자기 그녀가 비명을 질렀다. 놀라서 아이가 어머니를 보니 어머니의 얼굴은 공포로 질려 있었고 어머니를 물었던 작고 까만 뱀이 옷자락 아래에서 기어 나왔다.

두 사람은 사람들을 찾으려고 급히 길을 달려 나루터 부근까지 왔다. 카말라는 그곳에 쓰러져 도저히 더 갈 수가 없었다. 아이는 요란하게 비명을 지르며 어머니의 입을 맞추고 목을 끌어안았다. 어머니도 아들의 비명에 합세했고 마침내 그 소리가 나루터 부근에 있던 바수데바의 귀에까지 들리게 되었다. 바수데바는 서둘러 달려가 카말라를 팔에 안아 배에 실었고, 아이도 함께 달려와 곧 그들은 오두막에 당도했다. 거기에는 싯다르타가 아궁이 앞에서 불을 지피는 중이었다. 그는 고개를 들어 먼저 아이의 얼굴을 보았는데, 그 얼굴은 이상하게도 잊어버렸던 것을 떠올리게 했다. 그는 다시 카말라를 보았는데, 의식을 잃은 채 사공의 팔에 안겨 있었지만 그래도 그는 당장에 그녀를 알아보았다. 그러고 나자 그는 그토록 많은 것을 상기시킨 얼굴의 어린아이가 자신의 아들이라는 것을 알아 차렸다. 그의 가슴에서는 심장이 고동쳤다.

카말라는 상처를 씻었지만 상처는 이미 검어졌고 몸은 부어올라 있었다. 물약을 입에 흘려 넣었다. 의식을 회복한 그녀는 오두막의 싯다르타의 침상에 누워 있었고, 그토록 열렬히 사랑했던 싯다르타는 그녀 위로 몸을 숙이고 서 있었다. 꿈을 꾸고 있는 것 같아 미소 띤 얼굴로 그녀는 친구의 얼굴을 찬찬히 바라보았다. 한참만에야 자신의 상황을 깨닫고 뱀에게 물린 기억을 되살리고 걱정스럽게 아이를 불렀다.

"아이는 당신 곁에 있으니 걱정 말아요."

카말라는 그의 눈을 바라보았다. 그녀는 독으로 마비된 혀로 힘들게 말했다. "당신 늙으셨네요, 여보" 그녀가 말했다. "백발이 되었네요. 그래도 당신은 전에 옷도 입지 않고 더러운 발로 유원으로 나를 찾아온 청년 사마나와 똑같아요. 나와 카마스와미를 떠나던 때보다도 지금이 훨씬 그 사마나와 똑같습니다. 싯다르타, 당신의 눈은 그 사마나의 눈과 같습니다. 나도 늙었지요. 늙었는데 당신은 나를 알아보았나요?"

싯다르타는 미소했다. "금방 알아보았소. 사랑하는 카말라."

카말라는 소년을 가리키면서 말했다. "아이도 알아볼 수 있나요? 당신 아들이에요."

그녀의 눈이 초점을 잃더니 감기고 말았다. 소년이 울자 싯다르타는 그를 무릎에 앉히고 울도록 나두고 머리를 쓰다듬어주었다. 아이의 얼굴을 들여다보고 있으려니 전에 그 자신이 어린아이였을 때 배운 브라만의 기도가 생각났다. 천천히, 노래하듯 그는 입을 열었는데 과거와 어린 시절로부터 말들이 흘러나왔다. 그의 노래 소리를 들으며 아이는 차츰 진정이 되었지만 깨어나면 다시 훌쩍이다가 이내 잠이 들었다. 싯다르타는 아이를 바수데바의 침상에 살며시 눕혔다. 바수데바는 아궁이 앞에서 밥을 짓고 있었다. 싯다르타가 눈길을 보내자 그가 미소로 대답했다.

"세상을 떠날 것 같습니다." 싯다르타가 나지막하게 말했다.

바수데바가 고개를 끄덕였는데, 아궁이의 불빛이 다정한 그의 얼굴을 비추었다.

카말라는 다시 깨어나 의식을 되찾았다. 얼굴은 고통으로 일그러졌고, 싯다르타의 눈은 그녀의 입과 창백한 뺨에 드러난 고통을 읽었다. 그것을 그는 침착하게, 세심하게, 기다리는 마음으로, 고통 속에 빠져 읽었다. 카말라는 그것을 느꼈고, 그녀의 시선은 그의 눈을 찾았다.

그를 바라보며 그녀가 말했다. "이제야 당신의 두 눈도 달라졌다는 것을 알았어요. 완전히 다르게 달라졌어요. 그런데 당신이 싯다르타라는 것을 무엇으로 내가 알아냈을까요? 당신은 싯다르타이고 싯다르타가 아니기도 합니다."

싯다르타는 아무 말도 하지 않고 말없이 두 눈으로 그녀의 두 눈을 들여다보았다.

"당신 그것을 얻으셨나요?" 그녀가 물었다. "평안을 얻으셨나요?"

그가 미소를 지으며 손을 그녀의 손에 얹었다.

"그러신 것 같네요." 그녀가 말했다. "그렇게 보이네요. 나도 평안을 얻고 싶어요."

"당신은 그것을 얻었소." 싯다르타가 속삭이듯 말했다.

카말라는 시선을 고정한 채 그의 눈을 바라보았다. 완성자의 얼굴을 보기 위해서, 그분의 평안을 호흡하기 위해서 고타마에게로 순례를 떠나온 것인데 고타마 대신 싯다르타를 만나게 되었고 이것은 잘된 일이라고, 고타마를 만난 것만큼 잘된 일이라고 그녀는 생각했다. 그런 생각을 그에게 말하고 싶었지만 혀가 더 이상 생각을 따라주지 않았다. 말없이 그녀는 그를 바라보고 있는데, 싯다르타는 그녀의 눈에서 생명의 불꽃이 꺼져가고 있는 것을 보았다. 마지막 고통이 그녀의 눈을 가득 채우고 마지막 경련이 사지로 퍼지자 그는 손가락으로 그녀의 눈을 감겨주었다.

오랫동안 그는 앉아서 잠든 그녀의 얼굴을 바라보았다. 오랫동안 그녀의 입을, 얇아져 늙고 지친 그녀의 입을 바라보았다. 그리고 일찍이 인생의 봄날에 자신이 그 입을 무르익어 터진 무화과에 비한 일을 생각했다. 오랫동안 거기에 앉아서 그녀의 창백한 얼굴과 피로에 지친 주름살을 바라보는 일에 마음이 팔려 있었는데, 자신의 얼굴이 그녀의 얼굴처럼 창백해져서 생명의 빛을 잃은 채 거기에 누운 것을 보았고, 동시에 자신의 얼굴과 그녀의 붉은 입술과 타는 듯한 눈동자를 보았다. 그러자 현재성과 시성[39]의 감정이, 영원성의 감정이 그를 사로잡았다. 그는 그 순간 그 어느 때보다도 더 깊게 모든 생명의 불멸성과 모든 순간의 영원성을 느꼈다.

그가 몸을 일으키자 바수데바는 밥을 차려주었다. 그렇지만 싯다르타는 밥을 먹지 않았다. 두 노인은 염소를 키우는 외양간에 짚을 깔았고 바수데바는 잠을 자기 위해 누웠다. 싯다르타는 밖으로 나가 강물의 소리에 귀를 기울이면서 과거에 몸을 담그고 자신의 인생의 모든 시간들과 재회하고 그 시간들에 둘러싸인 채 오두막 앞에서 밤을 보냈다. 그는 가끔씩 일어나 오두막 문 앞으로 가서 아이가 자고 있는지 귀 기울여 보았다.

---

39 동시성(die Gleichzeitigkeit)이란 시간성을 배제하는 것으로, 우리가 시간의 굴레에서 벗어난다면 내가 곧 너이자 도둑이고 붓다이며, 돌이고 동물이라는 깨달음이다. 여기서 모든 존재에 대한 사랑이 가능해진다.

다음 날 아침 일찍 아직 해가 모습을 보이기도 전에 바수데 바가 외양간 밖으로 나와 친구에게 갔다.

"한숨도 안 잤군요." 그가 말했다.

"네, 바수데바, 나는 여기 앉아서 강물의 소리에 귀를 기울였습니다. 강은 나에게 많은 이야기를 해주고 나의 마음을 유익한 사상으로, 단일성의 사상으로 채워주었습니다."

"싯다르타, 당신은 고통스런 일을 당했습니다. 그러나 나는 당신의 마음속까지 슬픔에 빠지지 않았다는 것을 압니다."

"그렇습니다, 친구여. 대체 내가 슬퍼할 이유가 어디에 있습니까! 부유하고 행복하던 내가 이제 더 부유하고 더 행복해졌습니다. 아들을 선물로 받았으니까요."

"당신의 아들은 나도 반갑습니다. 싯다르타, 어서 일하러 갑시다. 할 일이 있습니다. 전에 내 아내가 죽은 그 자리에서 카말라도 죽었습니다. 그 언덕에다 카말라를 화장할 장작더미를 쌓도록 합시다."

아이가 아직 잠들어 있는 동안에 그들은 장작더미를 쌓았다.

아들

겁을 먹고 울면서 소년은 어머니의 장례에 참석했고, 함께 바수데바의 오두막에서 살자는 싯다르타에 말에 침울하고 겁먹은 태도로 귀 기울일 뿐이었다. 창백한 모습으로 종일 고인의 언덕에 앉아 아이는 먹으려 하지 않았고, 눈과 마음을 굳게 닫은 채 운명에 저항했다.

싯다르타는 아이를 걱정해서 그대로 내버려두었고 아이의 슬픔을 존중했다. 싯다르타는 아들이 자신을 알지 못한다는 것, 자기를 아버지로 사랑할 수 없다는 것을 알았다. 차츰 그는 이 열한 살 먹은 아이가 못된 아이, 응석받이로, 부유한 생활 습관에 파묻혀 좋은 음식과 부드러운 잠자리에 길들었고 하인을 부리는 것에 젖어 있다는 것을 알 수 있었다. 싯다르타는 슬픔에 젖은 응석받이 아이가 갑자기 낯선 환경과 가난에 쉽게 만족하지 못하리라는 것도 알았다. 그는 아이에게 강요하지 않았고, 아이를 위해 많은 일을 해주고 계속 좋은 음식을 마련해 주었다. 서둘지 않고 다정하게 기다리면 아이의 마음을 얻을 수 있으리라고 그는 생각했다.

아들이 나타났을 때 싯다르타는 스스로를 부유하고 행복하다고 생각했다. 하지만 세월이 흘러도 아이가 계속 낯설고 우울해하고 건방지고 고집스런 성품을 드러내면서 아무 일도 하려들지 않고 노인을 존경할 줄 모르고 바수데바의 나무에서 과일을 훔치자 싯다르타는 아들로 인해 행복과 평화를 얻은 것이 아니라 고통과 걱정을 얻었다는 것을 깨닫기 시작했다. 그래도 그는 아들을 사랑했고 아들 없이 행복하고 기쁜 것보다는 사랑의 고통과 걱정을 더 좋은 것으로 느꼈다.

소년 싯다르타가 오두막의 식구가 된 후부터 노인들은 일을 분담했다. 바수데바는 사공의 일을 전처럼 혼자 떠맡고, 싯다르타는 아들과 함께 지내기 위해서 집안일과 밭의 일을 맡았다.

오랫동안, 여러 달을 싯다르타는 아들이 자기를 이해하고 자기의 사랑을 받아들이고 그 사랑에 보답할 때가 올 것이라고 기다렸다. 여러 달 동안 바수데바도 방관하며 침묵으로 기다렸다. 그런데 어느 날 아들이 고집과 성질을 부리며 아버지를 괴롭히고 밥 그릇 두 개를 깨트리자 저녁에 바수데바는 친구를 불러 말했다.

"용서하십시오." 그가 말했다. "우정에서 하는 말입니다. 당신이 괴로워하는 것을 알고, 걱정하는 것도 압니다. 친구, 당신의 아들은 당신뿐 아니라 나에게도 걱정입니다. 그 어린 새는 다른 생활, 다른 보금자리에 길이 들었습니다. 그 애는 당신처럼 혐오감과 염증으로 도시와 부귀를 버리고 도망해 나온 것이 아니라 억지로 그 모든 것을 떠나 왔습니다. 친구여, 나는 강에게 물어보았습니다. 몇 차례나 물어보았습니다. 강은 웃었습니다. 강은 나를 비웃었습니다. 당신과 나를 비웃고 우리의 어리석음에 대해 고개를 저었습니다. 물은 물에게, 젊음은 젊음에게 가야합니다. 당신 아들은 마음대로 뻗어나갈 만한 곳에 있지 못합니다. 당신도 강에게 물어보고, 강의 소리에 귀 기울여 보십시오."

걱정스럽게 싯다르타는 그 많은 주름살 속에서도 항상 명랑함[40]을 잃지 않고 있는 친구의 다정한 얼굴을 바라보았다.

"내가 아이와 헤어질 수 있을까요?" 나직이, 부끄러워하면서 그가 물었다. "시간을 좀 주십시오, 친구. 보십시오, 나는 그 아이 때문에 싸우고 있습니다. 나는 아이의 마음을 얻으려고 합니다. 사랑과 다정한 인내심으로 아들을 붙잡으려 합니다. 언젠가는 그 아이에게도 강의 소리가 들릴 때가 있을 겁니다. 그

---

40 헤세의 소설에서 갈등을 넘어선 완성자, 불멸인들의 특징은 명랑성(Heiterkeit)이다.《황야의 이리》에서는 괴테, 모차르트 등이 이러한 명랑함을 가지고 있다 .

아이도 부름을 받았습니다."

바수데바의 미소는 더욱 따스하게 피어올랐다. "그럼요, 그 아이도 부름을 받았습니다. 그 아이도 영생할 겁니다. 그렇지만 우리가, 당신이나 내가 그 아이가 무엇을 위해, 어떤 길로 가도록, 어떤 행동을 하도록, 어떤 번뇌를 겪도록 부름을 받았는지 알고 있나요? 그 아이의 번뇌는 적지 않을 것입니다. 그 아이의 마음은 오만하고 억셉니다. 그런 사람은 많은 번뇌를 겪고 많이 방황하고 많은 과오를 저지르고 많은 업보를 짊어지기 마련입니다. 말해보십시오, 사랑하는 친구, 당신은 아들을 교육하지 않을 생각입니까? 아들에게 강요하지 않나요? 때리지 않나요? 벌을 주나요?"

"아닙니다, 바수데바, 나는 그런 모든 일을 하지 않습니다."

"그것을 알고 있어요. 당신은 그 아이에게 강요도 채찍질도 명령도 내리지 않습니다. 부드러움이 견고함보다 강하다는 것, 물이 바위보다 강하고, 사랑이 폭력보다 강하다는 것을 알기 때문입니다. 그것은 좋은 일로, 당신을 칭찬하고 싶습니다. 그렇지만 당신이 아들을 강요하지도 벌하지도 않는다고 생각하는 것, 그것이 오류가 아닐까요? 혹시 사랑의 끈으로 아이를 속박하고 있지 않나요? 자비와 인내심으로 매일 그 애를 부끄럽게 만들고 점점 더 견디기 힘들게 만드는 것은 아닐까요? 당신은 오만하고 버릇없는 그 아이를 바나나만 먹고 살면서 밥을 최고 음식으로 생각하는 두 늙은이 곁에 살도록 강요하고 있지 않나요? 우리의 생각은 그 아이의 생각과 다르고, 우리의 감정은 낡고 침체되어 우리의 길은 그 아이의 길과는 다릅니다. 그런데 그렇게 하고 있으니 아이는 강요당하고 벌을 받고 있는 것 아닌가요?"

놀라서 싯다르타는 땅을 내려다보았다. 그가 나직이 이렇게 물었다. "내가 어떻게 하면 좋을까요?"

바수데바가 말했다. "아이를 도시로, 아이의 어머니 집으로 보내세요. 그곳에는 하인들이 있을 것이니 그들에게 아이를 맡기십시오. 만약 아무도 없다면 아이를 어느 스승에게 데려가십시오. 가르침을 받기 위해서가 아니라 다른 소년, 소녀들과 어울리도록 말입니다. 원래 그 아이의 세계로 말입니다. 그런 생각을 해본 적이 없으신가요?"

"내 마음을 꿰뚫어보고 있군요." 싯다르타가 슬프게 말했다. "나도 자주 그 점을 생각해 보았습니다. 그렇지만 생각해 보십시오. 그렇지 않아도 부드러운 마음씨를 갖고 있지 않은 아이를 어떻게 세상으로 내보낼 수 있단 말입니까. 그 아이가 쾌락과 권력에 빠져 아비가 저지른 모든 과오를 되풀이 하고 혹시 윤회[41] 속에 빠지게 되지 않을까요?"

---

41 윤회(Saṃsāra, 輪廻)를 경전에서는 중생들이 여러 세계를 수레바퀴가 돌아

사공의 미소가 밝게 빛났다. 싯다르타의 팔을 다정하게 잡으며 그가 말했다. "친구, 그것도 강물한테 물어 보세요. 그 말을 듣고 강물이 웃는 소리를 들어보십시오. 정말로 당신이 어리석은 짓을 저지른 것이 아들로 하여금 어리석은 짓을 저지르지 않도록 하기위해서라고 생각하는 것은 아니지요? 그리고 어떻게 당신이 아들을 윤회로부터 보호할 수가 있습니까! 어떻게 그럴 수 있나요? 가르침을 통해서, 기도를 통해서, 훈계를 통해서 그럴 수 있습니까? 친구, 당신은 벌써 그 이야기를, 브라만의 아들 싯다르타의 그 교훈적인 이야기를 완전히 잊어버렸나요? 나에게 당신이 전에 바로 이 자리에서 들려준 그 이야기 말입니다. 누가 사마나인 싯다르타를 윤회로부터, 죄업으로부터, 탐욕으로부터, 어리석음으로부터 지켜주었나요? 아버지의 신앙, 스승들의 훈계, 당신의 학식, 당신의 모색이 지켜주었나요? 어느 아버지, 어느 스승이 막을 수가 있습니까! 스스로 삶을 영위하는 일, 그러한 삶으로 스스로를 더럽히는 일, 스스로

가듯 그렇게 돌고 도는 것으로 설명하고 있다. 한 존재가 죽으면 이 세상이나 다른 세상에 새로운 몸으로 태어나게 되고, 그곳에서 살다가 죽으면 다시 그곳이나 다른 세상에 태어난다. 죽는다는 것은 다시 태어난다는 것을 의미 하는 것이고, 태어나는 것은 죽는다는 것을 의미한다. 존재는 여러 세계를 돌아다니면서 삶과 죽음을 되풀이한다. 윤회의 원리는 간단하다. 인간이 살아있는 동안에 짓는 모든 업(業=行爲)은 결과를 낳게 되고, 업의 결과가 남아 있는 동안 윤회는 계속된다. 업의 결과가 모두 없어지면 윤회는 끝나게 된다. 이것이 해탈, 또는 열반이다.

죄업을 짊어지는 일, 스스로 쓰디쓴 술을 마시는 일, 스스로 자신의 길을 찾아내고자 하는 일, 이런 일을 누가 막을 수 있습니까! 친구, 이런 길이 혹시 다른 사람에게는 면제된 것이라고 생각하는 것은 아니지요? 어린 아들을 사랑하기 때문에, 번뇌와 고통과 환멸이 그 아이에게는 면제되기를 당신이 바라기 때문에, 당신 아들에게는 그 길이 혹시 면제된다고 생각하나요? 당신이 아들을 위해 열 번을 죽는다 해도 그것으로 그 아이의 운명을 조금도 덜어 줄 수 없습니다."

바수데바가 그렇게 말을 많이 한 적은 아직 한 번도 없었다. 싯다르타는 그에게 다정하게 감사를 표하고 무거운 마음으로 오두막으로 들어갔다. 한참 동안 그는 잠을 이루지 못했다. 바수데바가 한 말 중에서 그가 혼자서 이미 생각해 보지 않았거나 알 수 없는 말은 하나도 없었다. 하지만 그것은 실천으로 옮길 수 없는 지식에 불과했다. 그런 지식보다 자식에 대한 사랑이 더 강하고, 그런 지식보다도 자식에 대한 정, 자식을 잃지 않을까 하는 불안감이 더 강했다. 도대체 내가 지금껏 어떤 일에 이렇게 마음을 송두리째 빼앗겨 본 적이 있던가? 도대체 내가 이토록 맹목적으로, 이토록 고통스럽게, 이토록 헛되이, 그러면서도 이토록 행복하게 누군가를 사랑해 본 적이 있었나?

싯다르타는 친구의 충고를 따를 수 없었다. 그는 아들을 내보낼 수 없었다. 그는 아들이 자신에게 명령을 해도 그대로 두었고, 아들이 멸시를 해도 그대로 두었다. 그는 묵묵히 기다렸고 매일 친절이라는 무언의 전투를 하고, 인내라는 소리 없는 전쟁을 시작했다. 바수데바 역시 알면서도, 묵묵히, 참을성 있게 기다렸다. 참는 일에는 두 사람이 모두 선수였다.

언젠가 한번 아이의 얼굴이 그에게 카말라를 무척 생각나게 한 적이 있었다. 그때 싯다르타는 오래전 젊은 시절에 카말라가 한 말이 갑자기 생각났다. "당신은 사랑을 할 수가 없어요."라고 그녀가 말했는데 그때 그는 그녀의 말이 옳다고 인정하면서 자신을 별에, 소인들을 낙엽에 비유했는데 그 말에 비난이 숨어있는 것을 어렴풋하게 느꼈다. 사실 그는 한 번도 어떤 사람한테 완전히 빠져 완전하게 헌신할 수도, 스스로를 망각할 수도 없었고, 다른 사람에 대한 사랑 때문에 어리석은 일을 저지를 수도 없었다. 당시 그는 결코 그런 일을 할 수가 없었고 그리고 그런 점이 자신을 소인들과 구분하는 큰 차이라고 생각했다. 그런데 이제 아들이 나타난 후 싯다르타는 완전히 소인이 되고 말았다. 한 인간 때문에 고통스러워하고, 한 인간을 사랑하고, 사랑에 빠지고, 사랑 때문에 바보가 되는 그런 소인이 된 것이다. 이제 그는 늘그막에 이런 강렬하고 진기한 열정을 느끼게 되었고, 그 열정 때문에 비참할 정도의 괴로운 슬픔을 맛보았다. 하지만 그는 행복했고, 전보다 새롭고 더 부자가 되어 있었다.

그는 이 사랑이, 아들에 대한 맹목적인 사랑이 일종의 열정, 매우 인간적인 것이며, 그것이 윤회, 우수의 원천, 검은 강물이라고 느꼈다. 그럼에도 불구하고 그는 동시에 그 사랑이 무가치하지 않다는 것, 그것이 필연적인 것, 본성에서 우러나오는 것임을 느꼈다. 그는 그런 기쁨을 느끼고 싶었고, 그런 고통을 맛보고 싶었으며, 이런 어리석은 짓에 빠지고 싶었다.

그동안 아들은 아버지의 어리석음을 두고 보면서 아버지가 그의 환심을 사려고 애쓰고 매일 변덕스런 그의 비위를 맞추게 했다. 아버지라는 사람은 그를 매혹시킬 만한 것을 하나도 갖고 있지 않았고, 그가 두려워할 만한 것도 갖고 있지 않았다. 아버지는 좋은 사람이었다. 선량하고 마음씨 좋고 다정한 사람이었고 매우 경건한 사람일지도, 어쩌면 성자인지도 몰랐다. 하지만 이 모든 것은 소년의 마음을 사로잡을 수 있는 내용이 아니었다. 그를 초라한 오두막에 가둔 아버지는 아들에게는 지루했고 답답하기만 했다. 아무리 무례한 행동을 해도 미소로 대하고, 아무리 못된 욕을 퍼부어도 다정하게 대하고, 아무리 악의를 보여도 진심으로 대꾸했는데 바로 이런 것이야말로 늙은 위선자의 끔직스런 술수로 보였다. 아이는 차라리 아버지한테 위협당하고 학대를 당하는 편이 나을 것 같았다.

마침내 아들 싯다르타의 감정이 폭발하여 아버지에게 노골적으로 맞서는 날이 왔다. 아버지가 그에게 일거리를 나누어

주었는데, 나무를 해오라고 심부름을 시킨 것이다. 소년은 오두막에서 나갈 생각은 하지 않고 고집을 부리며 분통을 터트렸고 발을 구르며 주먹을 쥐고 성질을 부리면서 아버지의 면전에다 증오와 멸시의 말을 쏟아냈다.

"나무는 당신이 해!" 아들은 입에 거품을 물고 소리쳤다.

"난 당신의 종이 아니야. 당신이 날 때리지 않는 걸 잘 알아. 사실은 때릴 엄두를 못 내는 거지. 나는 말이야, 당신이 경건하고 관대한 척 굴면서 계속 나를 벌하고 왜소하게 만들려는 걸 너무도 잘 알아. 내가 당신처럼 되기를, 당신처럼 경건하고, 당신처럼 온화하고, 당신처럼 지혜롭게 되기를 바라고 있어! 하지만 잘 들어. 난 당신을 괴롭힐 것이고, 당신처럼 되느니 차라리 강도나 살인자가 되어 지옥으로 떨어질 거야. 난 당신을 증오해. 당신은 내 아버지가 아니야. 설령 열 번 당신이 내 어머니의 기둥서방이었다고 해도 말이야."

분노와 원한이 그를 사로잡아 수없이 거칠고 악한 말이 아버지에게 쏟아졌다. 그러더니 소년은 집을 나가 저녁 늦게야 돌아왔다.

다음 날 아침 아이는 사라졌다. 아이와 함께 사공들이 두 가지 색깔의 나무껍질로 엮어서 뱃삯으로 받은 동전과 은전을 넣어두는 작은 바구니도 사라졌다. 배도 사라졌다. 싯다르타는 그 배가 건너편 강 언덕에 있는 것을 발견했다. 아이는 도망을 간 것이다.

"아이를 따라가 봐야겠습니다." 싯다르타가 말했다. 그는
전날 아이한테 욕을 들은 후 너무도 슬퍼서 몸을 떨고 있었다.
"아이 혼자서는 숲을 빠져 나갈 수 없습니다. 아이는 죽고 말
것입니다. 바수데바, 강을 건널 뗏목을 만들어야겠습니다."

"뗏목을 만듭시다." 바수데바가 말했다. "그 아이가 끌고 간
우리의 배를 가져오기 위해서 말입니다. 친구, 하지만 아이는
달아나도록 그대로 두는 것이 좋을 것 같습니다. 그 아이는 이
제 어린애가 아니니 스스로 자구책을 마련할 겁니다. 아이는
도시로 가는 길을 갈 텐데, 그건 당연한 일입니다. 그 점을 잊어
서는 안 됩니다. 그 아이는 당신이 못 해준 일을 한 것뿐입니다.
아이는 스스로 헤쳐 나가 제 갈 길을 갈 것입니다. 싯다르타, 당
신이 괴로워하는 것을 보니 나도 괴롭습니다. 그러나 당신의
그 고통은 사람들이 웃을 만한 것으로, 당신 스스로도 곧 웃어
넘기게 될 것입니다."

싯다르타는 아무 말도 없이 이미 두 손으로 도끼를 들고 대
나무로 뗏목을 만들기 시작했다. 바수데바는 싯다르타가 풀줄
기로 다발을 엮는 일을 도왔다. 그런 다음 그들은 강을 건넜는
데 한참을 떠밀려 간 뒤에야 건너편 강가에 도달했다.

"무엇 때문에 도끼를 가지고 오셨지요?" 싯다르타가 물었다.

바수데바가 대답했다. "우리 나룻배의 노가 없어졌을지도

모릅니다."

하지만 싯다르타는 친구의 생각을 알고 있었다. 바수데바는 아이가 분풀이를 하고, 따라오는 것을 막기 위해서 노를 내버렸거나 부수었을 것으로 생각하고 있었다. 가서 보니 나룻배에는 노가 없었다. 바수데바는 배의 바닥을 가리키면서 미소지으며 친구를 바라보았다. 마치 이렇게 말하고 싶은 것 같았다. "당신 아들이 하고 싶어 하는 말이 무엇인지 아직도 모르겠소? 그 아이가 따라 오는 것을 원하지 않는 것을 이래도 모르겠소?" 하지만 그는 굳이 말하지 않았다. 싯다르타는 달아난 아들을 찾기 위해 그와 작별했다. 바수데바는 말리지 않았다.

싯다르타는 오랫동안 숲속을 헤맸다. 그러다가 불쑥 아이를 찾아다니는 것이 쓸데없는 일이라는 생각이 들었다. 아이는 그가 따라 잡을 수 없을 정도로 훨씬 앞질러 이미 도시로 들어갔거나, 혹시 도시로 가는 도중에 있다면 추적자인 그를 피해 몸을 숨길 것이다. 계속 생각을 하다 보니 그는 자신이 아들을 걱정하고 있지 않다는 사실을 알게 되었고, 마음속으로 아들이 죽지 않고 숲속에서 위험에 처하지도 않을 것으로 생각하고 있다는 사실을 깨닫게 되었다. 하지만 그는 쉬지 않고 걸음을 재촉했다. 이제는 아이를 구하겠다는 생각 때문이 아니라 오로지 아이의 모습을 한 번 더 보려는 생각에서 그는 계속 걸었다. 드디어 그는 도시까지 오게 되었다.

도시 근교의 큰 길에 다다랐을 때 그는 전에 카말라의 소유였던 아름다운 정원 입구에 멈추어 섰다. 그곳에서 그 옛날 그는 가마에 탄 카말라를 처음으로 보았다. 당시의 일이 마음속에서 다시 떠올랐다. 그는 이제 다시 거기에 서 있는 젊은 시절 자신의 모습을 보았다. 수염이 덥수룩한 헐벗은 사마나가 머리에 먼지를 잔뜩 뒤집어쓰고 있었다. 싯다르타는 오래도록 거기서서 열린 문으로 유원 내부를 들여다보았다. 노란 법복을 입은 승려들이 아름다운 나무 아래로 다니는 것이 보였다.

한참을 서서 생각에 잠겨 눈앞의 광경을 바라보면서 그는 자신의 삶의 이야기에 귀 기울였다. 오래도록 선채 승려들을 바라보면서 그들 대신에 젊은 싯다르타를 보았고, 커다란 나무 밑을 거니는 젊은 카말라를 보았다. 카말라를 방문한 자신의 모습, 카말라의 첫 키스를 받던 일, 오만과 경멸의 마음으로 브라만의 시절을 바라보던 것, 긍지와 열망으로 세속의 생활을 시작하던 자신의 모습을 그는 또렷이 보았다. 그는 카마스와미를 보고, 하인들, 연회, 도박꾼들과 악사들을 보았고 새장 속 카말라의 새도 보았는데, 이 모든 것을 다시 체험하고, 윤회를 호흡하고, 다시 늙고 지쳐 허탈감을 느끼고, 자신을 소멸시켜버리고 싶은 욕망을 느끼고, 마침내 신성한 옴으로 치유되어 돌아왔다.

이렇게 오랫동안 정원 입구에 서 있으면서 싯다르타는 깨닫게 되었다. 그를 이 장소로 몰아온 갈망은 어리석은 것이며, 아들을 도와줄 수 없고 아들에게 집착해서 안 된다는 것을 느꼈다. 달아난 아들에 대한 사랑을 그는 마음속 깊게, 하나의 상처처럼 느꼈으며, 그 상처는 아프게 하기 위해 자신에게 주어진 것이 아니며 상처가 꽃이 되어 찬란하게 빛나리라는 것을 느꼈다.

그 상처가 지금 이 시간까지 꽃피우지도, 찬란하게 빛나지도 못한다는 사실이 그를 슬프게 했다. 도주한 아들을 따라 멀리 이곳까지 오게 한 목표의 자리에 이제는 공허가 가득찼다. 비참한 기분으로 그는 자리에 주저앉았다. 그리고 가슴에서 무엇인가 죽어가는 것을 느끼고 공허를 느꼈다. 그에게는 이제 아무런 기쁨도 아무런 목표도 보이지 않았다. 그는 깊은 생각에 빠져 앉아서 기다렸다. 바로 이것, 이 한 가지, 기다리는 것, 인내하는 것, 귀기울여 듣는 것을 그는 강에게서 배웠다. 그렇게 그는 길가 먼지 속에 앉아 귀 기울였다. 자신의 심장을 향해 귀 기울이고 심장이 어떻게 지쳐서 슬프게 뛰고 있는지 귀 기울이며 하나의 소리를 기다렸다. 여러 시간을 그렇게 웅크리고 앉아서 귀 기울이고 있었다. 아무런 모습도 보지 않고 공허 속에 잠겨 아무런 길도 보지 않고 자신 속으로 가라앉았다. 그리고 상처가 타는 듯이 아프게 느껴질 때는 소리 없이 옴을 말하고 옴으로 자신을 채웠다. 정원에 있는 승려들이 그를 보았다.

백발의 머리 위로 먼지가 쌓이도록 몇 시간이고 앉아 있는 그를 보자 어떤 승려가 나와 바나나 두 개를 그의 앞에 놓았다. 그러나 노인은 그를 보지 않았다.

굳어버린 듯한 무감각 상태에서 그를 깨운 것은 어깨를 건드리는 어떤 손이었다. 부드럽고 조심스러운 이 손길이 누구인지 그는 곧 알아보았고 제 정신으로 돌아왔다. 그는 몸을 일으켜 자신을 따라 온 바수데바를 맞았다. 바수데바의 다정한 얼굴, 온통 미소로 가득한 그의 잔주름, 맑은 그의 눈을 보자 그의 얼굴에도 미소가 떠올랐다. 그제야 그는 앞에 놓인 바나나를 보고 그것을 집어 한 개는 바수데바에게 주고 나머지 한 개는 자신이 먹었다. 그러고 나서 말없이 바수데바와 함께 숲을 지나 나루터로 돌아왔다. 그들은 아무도 아침에 있었던 일에 관해 입에 올리지 않았다. 아무도 아이의 이름을 입에 올리지 않았고 아무도 아이의 가출에 관해, 상처에 관해 말하지 않았다. 집에 들어서자 싯다르타는 잠자리에 누웠다. 잠시 후 바수데바가 야자수 한 잔을 주려고 들어가 보니 싯다르타는 이미 잠들어 있었다.

옴

상처는 오랫동안 쑤시듯 아팠다. 싯다르타는 아들이나 딸을 데리고 다니는 여행자들을 강에서 건네주게 되었는데, 그들을 볼 때마다 부러워하며 이렇게 생각했다. "저렇게 많은 수천 명의 사람들이 귀한 행복을 누리고 있는데 나는 왜 그러지 못할까? 악인도, 심지어 도둑이나 강도도 자식이 있어 자식을 자랑하고 자식의 사랑을 받는데 나만 그렇지 못하다니." 이렇게 그는 단순하게, 분별없는 생각을 했고, 소인들과 닮게 되었다.

이제 그는 전과는 다른 시선으로 사람들을 보았다. 덜 현명하고 덜 오만하고 그 대신 한결 따스해졌고 한결 호기심과 관심을 가지게 되었다. 평범한 여행자들, 소인들, 장사꾼들, 전사들, 여자들을 건네줄 때마다 그 사람들이 전처럼 낯설게 생각되지 않았다. 그들을 이해하게 되었고, 사고와 통찰에 의해서가 아니라 충동과 욕망에 좌우되는 그들의 생활을 이해하고 자신도 함께 그런 생활을 하게 되었으며, 그들과 똑같이 느꼈다. 완성의 경지에 다가가 있고 마지막 상처를 지니고 있었지만 그에게는 이런 소인들이 형제처럼 느껴졌고, 그들의 허영심, 탐욕이나 우스꽝스런 일이 이제는 웃음거리가 아니라 이해할 수 있는 일로, 심지어는 존경스럽게 보였다. 자식에 대한 어머니의 맹목적인 사랑, 외아들에 대해 우쭐대는 아버지의 맹목적인 자부심, 몸에 달 장신구를 위해서, 그리고 남자들이 자신을 경탄의 눈으로 바라보도록 애쓰는 허영심 많은 젊은 여자들의 맹목적이고 거친 욕망, 이 모든 충동, 이 모든 어린애같이 유치한 짓들, 이 모든 단순하고 어리석지만 엄청나게 강렬하고, 억센 생명력을 가진, 끝까지 관철시키고 마는 충동과 탐욕이 싯다르타에게는 더 이상 어린애 같은 짓으로 보이지 않았다. 그는 사람들이 바로 그런 것들 때문에 산다는 것을 알았고 바로 그런 것들 때문에 사람들이 엄청난 것을 이루고 여행을 하고 전쟁을 하고 엄청난 고통을 겪고 엄청난 것을 감수한다는 것을 알았으며, 그런 이유에서 그는 그들을 사랑할 수 있었고, 그들의 모든 욕망, 행위에서 생명, 생동하는 것, 불멸의 것, 브라만(梵)을 보았다. 그런 인간들은 바로 그들의 맹목적인 성실성, 맹목적인 힘과 끈기로 인해 사랑할 만한 가치가 있고 경탄할 만한 가치가 있었다. 그들은 지식인이나 사색가가 가진 것이 부족하지 않았다. 자신이 그들보다 앞선 것이라고는 단 한 가지뿐인데, 미미하고 사소한 그 한 가지는 바로 의식, 모든 생명의 단일성을 의

식한 사상뿐이었다. 싯다르타는 가끔씩 이런 지식, 이런 사상이
과연 그렇게 높게 평가되어야 하는지, 이런 사상 역시 따지고
보면 혹시 사고하는 인간, 아니 사고하는 소인배의 유치한 짓
이 아닐까 하고 의심하기도 했다. 사고한다는 점을 제외한 다
른 모든 점에서는 세속의 인간들이 현인인 자신과 대등한 위치
에 있고 그를 훨씬 능가할 때도 있었다. 그것은 불가피한 경우
짐승들도 끈질기고 확실한 행동을 취한다는 점에서 인간을 능
가하는 것처럼 보이는 것과 흡사한 일이었다.

싯다르타의 내면에서는 도대체 지혜가 무엇이며 그가 오랫
동안 추구해온 목적이 과연 무엇인가에 대한 인식과 지식이 서
서히 꽃피어 나고 서서히 무르익었다. 그것은 매 순간 삶의 한
가운데서 단일성의 사상을 생각하고, 단일성을 느끼고, 숨으로
받아들이는 영혼의 준비상태, 능력, 비밀스러운 기술일 뿐이었
다. 서서히 그런 것이 그의 내면에서 피어났고 바수데바의 늙
은 동안(童顔)에서 그에게로 조화로움, 세상의 영원한 완전성에
대한 지식, 단일성이 반사되었다.

하지만 상처는 아직도 화끈거렸다. 애타게 간절하게 싯다
르타는 아들을 생각했고, 가슴에 사랑과 애정을 담았고, 고통으
로 시달렸으며, 온갖 사랑의 어리석음을 저질렀다. 이 불꽃은
절대로 저절로 꺼지지 않았다.

어느 날 상처가 뜨겁게 아픔을 주자 싯다르타는 그리움에

이끌려 강을 건너 올라가 아들을 찾으러 도시로 가려고 했다. 강은 부드럽고 나지막하게 흐르고 있었다. 건기(乾期)였는데도 강의 소리는 묘하게 울려왔다. 그 소리는 웃고 있었다. 강은 분명히 웃었다. 강은 밝고 맑은 소리로 늙은 사공을 마음껏 비웃고 있었다.

싯다르타는 멈춰 서서 강물의 소리를 더 잘 듣기 위해서 물 위로 몸을 굽혔다. 그리고 조용히 흐르는 강물에 자신의 얼굴이 비추는 것을 보았는데, 물에 비친 얼굴에는 그를 일깨우는 무엇이, 잊어버린 무엇이 있었다. 곰곰이 생각한 그는 그것을 알아냈다. 그 얼굴은 전에 그가 익숙히 알았고 사랑하면서도 두려워했던 어느 얼굴과 닮았다. 그 얼굴은 브라만인 부친의 얼굴과 흡사했다. 그러자 그는 오래전 청년 시절에 수행자들에게 가게 해 달라고 아버지에게 떼를 쓴 일, 아버지를 떠난 일, 떠나서 다시는 돌아가지 않은 일이 기억났다. 아버지 또한 나 때문에 내가 지금 내 아들 때문에 겪고 있는 것과 똑같은 고통을 겪은 것은 아닐까? 아들을 다시는 보지 못한 채 아버지가 오래 전에 외롭게 돌아가시지 않았을까? 이 이상하고 어리석은 일, 이 반복, 이 숙명적인 윤회의 순환은 희극이 아니고 무엇인가!

강은 웃었다. 그렇다, 궁극에 이르도록 괴로움을 겪으며 해결하지 못한 모든 것은 되돌아오는 법이고, 끊임없이 되풀이하여 똑같은 고통을 겪기 마련이다. 싯다르타는 다시 배를 타고 오두막으로 되돌아오고 말았다. 아버지를 생각하면서, 아들을 생각하면서, 강의 비웃음을 받으며, 자신과 싸우며, 절망하면서, 그러면서도 자신을 비롯하여 온 세상에 대해 크게 웃어주고 싶은 생각이 들면서 돌아왔다. 하지만 상처는 아물지 않았고, 그의 웃음은 여전히 운명에 반항했으며, 그의 고통에는 아직도 기쁨과 승리가 비치지 않았다. 하지만 그는 희망을 느꼈고, 집으로 돌아왔을 때에는 바수데바에게 고백하려는, 경청의 대가인 바수데바에게 모든 것을 말하고 싶은 누를 수 없는 욕구를 느꼈다.

바수데바는 집에 앉아 바구니를 엮고 있었다. 그는 이제 배를 젓지 않았다. 시력이 약해진 것인데, 시력뿐 아니라 팔과 손도 약해졌다. 그의 얼굴의 기쁨과 명랑한 자비로움만은 변함없이 만발해 있었다.

싯다르타는 노인 곁에 앉아 천천히 말을 시작했다. 지금까지 한 번도 말해본 적이 없는 것에 관해 이야기를 시작했다. 도시로 갔던 것에 관해, 화끈거리는 상처에 관해, 행복한 아버지들을 볼 때마다 느끼는 부러움에 관해, 그런 욕망의 어리석음을 안다는 것에 관해, 그리고 자신이 그 욕망에 맞서 헛되이 싸워 온 것에 관해 말했다. 그는 모든 것을 고백했다. 모든 것, 가장 고통스런 것까지도 말할 수 있었다. 모든 것이 말이 되어 나왔고, 모든 것이 드러났는데, 그는 모든 것을 말할 수 있었다. 그는 상처를 드러내고, 오늘 집을 나간 것, 강을 건너간 것, 도시로 가 볼 생각으로 어리석게 집을 나간 것, 강이 웃은 것을 이야기했다.

그가 오래 말을 하는 동안, 그리고 바수데바가 침착한 얼굴로 귀를 기울이는 동안 싯다르타는 바수데바의 듣는 태도가 전에 없이 집중된 것을 느꼈다. 싯다르타는 자신의 고통과 불안이 바수데바에게 흘러들어가는 것을, 비밀스런 자신의 희망이 그에게 흘러갔다가 다시 자신에게 돌아오는 것을 느꼈다. 바수데바와 같은 경청자에게 상처를 드러내는 것은 마치 상처가 싸늘하게 식을 때까지 그것을 강에다 담가 강과 하나가 되게 하는 것과 같았다. 그렇게 끊임없이 말하고 끊임없이 고백하며 참회하는 동안 싯다르타는 이야기를 듣고 있는 상대가 바수데바가 아니고 인간이 아니라는 생각, 이렇게 꼼짝도 않고 귀를 기울이는 이 사람이 마치 나무가 빗물을 흡수하듯 자신의 참회를 흡수하고 있다는 느낌이 들었으며, 동시에 그가 바로 신 자체, 영원한 존재 자체라는 느낌이 점점 더 강해졌다. 이렇듯 싯다르타가 자신과 자신의 상처에 대한 생각을 멈추고 있는 동안 바수데바의 본질에 대한 인식이 그의 마음을 사로잡았다. 그리고 그것을 느끼면 느낄 수록, 거기에 몰입하면 몰입할수록 모든 것이 전혀 이상하지 않게 보였고, 그럴수록 모든 것이 정연하게 질서가 잡혀 있고 지극히 자연스런 일이라는 것, 이미 오래전부터 바수데바는 그런 존재였는데 단지 자신이 그것을 제대로 인식하지 못했었다는 것, 그리고 사실은 자신도 바수데바와 별로 다르지 않은 존재라는 것을 점점 더 깊이 통찰하게 되었다. 그는 자신이 지금 이 노인 바수데바를 마치 백성들이 신을 우러러보듯 우러러보고 있음을, 그런 상태가 끝없이 지속될 수는 없다는 것을 느꼈다. 그는 마음속에서 바수데바에게 작별을 고하기 시작했다. 하지만 그의 이야기는 끊이지 않고 이어졌다.

싯다르타가 말을 마치자 바수데바는 어느 정도 쇠약해진 다정한 눈길을 친구에게 보냈다. 말은 없지만 사랑과 명랑함, 이해와 지식이 소리 없이 싯다르타에게 비쳐왔다. 그는 싯다르타의 손을 잡고 강가로 데리고 가서 함께 앉아 강을 향해 미소를 보냈다.

"당신은 강의 웃음을 들었습니다." 그가 말했다. "하지만 당신이 모든 것을 들은 것은 아닙니다. 우리 귀를 기울여 봅시다. 더 많을 것을 들을 겁니다."

그들은 귀를 기울였다. 강의 여러 가지 노래가 조용히 울려왔다. 싯다르타는 강을 들여다보았는데, 흐르는 물속에 모습들이 나타났다. 아들 때문에 슬퍼하는 그의 아버지가 외롭게 나타났고, 멀리 떠난 아들에 대한 애착의 굴레에 묶여 있는 자신의 모습 역시 외롭게 나타났다. 또한 열망에 사로잡혀 미친 듯 자신의 길로 돌진하는 소년인 그의 아들 모습 또한 외롭게 나타났다. 그 모습들은 각기 자기의 목표를 향해서 각기 괴로워하고 있었다. 강은 고통의 노래를 부르고 있었고 그리움에 사무쳐 노래하고 있었다. 강은 그리움에 사무쳐 목표를 향해 흘러갔고, 그 소리는 비탄에 젖어 있었다.

"듣고 계십니까?" 바수데바가 말없는 시선으로 물었다. 싯다르타는 고개를 끄덕였다.

"더 잘 들어 보십시오." 바수데바가 속삭였다.

싯다르타는 더 잘 들으려고 애를 썼다. 아버지의 모습, 자신의 모습, 아들의 모습이 서로 뒤섞여 흘러갔다. 카말라의 모습도 나타났다가 녹아 흘러갔다. 그리고 고빈다의 모습, 그 밖의 여러 모습도 보였다. 그 모습들은 서로 뒤섞여 흐르며 모두가 강이 되었다. 모두가 강이 되어 목표를 향해 애타게 갈망하고 괴로워하면서 흘러갔다. 그리움에 가득하고 애타는 아픔에 가득한 채 누를 수 없는 욕망에 가득한 소리를 내면서 강은 흘러갔다. 강은 목표를 향해 나아가고 있었다. 싯다르타는 자신과 친지들과 일찍이 그가 만난 모든 사람들로 이루어진 강물이 줄달음치듯 흐르는 것을 보았다. 이 모든 파도와 물결은 고통스러워하면서 여러 목표를 향해 급히 흘러 각기 목표에 도달했다. 그리고 그 각각의 목표에는 새로운 목표가 뒤따랐다. 강물은 수증기가 되어 하늘로 올라갔다가 비가 되어 하늘에서 아래로 떨어져 샘이 되고 시내가 되고 강이 되었다. 그리고 다시 새롭게 목표를 향해 나아가며 새롭게 흘러갔다. 하지만 그리움이 가득한 그 목소리는 변해있었다. 여전히 괴로움이 가득하고 무엇인가를 찾는 듯이 울리지만 다른 소리들이 거기에 섞여 있었다. 기쁨의 소리와 슬픔의 소리, 선의 소리와 악의 소리. 웃는 소리와 탄식의 소리, 수백, 수천의 소리가 뒤섞여있었다.

싯다르타는 귀를 기울였다. 이제 그는 완전히 듣는 사람이 되었고, 듣는 일에 완전히 심취하여 완전히 비우고 완전히 받아들였다. 그는 이제 듣는 것을 마지막까지 다 배웠음을 느꼈다. 이미 수없이 이 모든 소리를, 이 숱한 소리를 들어왔지만 오늘은 소리의 울림이 새로웠다. 어느 덧 그는 숱한 소리를 구별할 수 없게 되어서 우는 소리에서 기쁜 소리를, 어른의 소리에서 아이의 소리를 구별할 수가 없었다. 모든 소리는 한데 어우러져 있었다. 그리움의 탄식, 깨달은 자의 웃음소리, 분노의 외침과 죽어가는 사람의 신음소리, 이 모든 것이 하나였고, 이 모든 것이 얽히고 묶여 수천 겹으로 엉켜있었다. 그리고 이런 것들이 모여서 일체의 소리, 일체의 목표, 일체의 그리움, 일체의 번뇌, 일체의 쾌락, 이 모든 것이 합쳐서 사건의 강을 이루고 인생의 음악을 이루었다. 싯다르타가 세심하게 주의를 기울여 이 강에, 이 수천 가지 소리가 어우러진 노래에 귀를 기울일 때면,

만약 그가 고통의 소리나 웃음소리에 귀 기울이지도 않고, 그의 영혼을 어떤 특정한 소리에 묶어두어 자아와 더불어 거기에 빠져들지 않고 모든 소리를 듣고, 전체성, 단일성에 귀를 기울일 때면 그 수천의 소리가 어우러진 위대한 소리는 단 한 개의 단어였는데, 그것은 옴, 완성이었다.

"들립니까?" 바수데바의 시선이 다시 물었다.

바수데바의 미소가 밝게 빛났다. 강물의 온갖 소리들 위에 옴이 둥실둥실 떠돌아다니는 것처럼 미소는 그의 노안의 주름살 위에서 밝게 빛났다. 싯다르타가 그의 얼굴을 바라보니 미소가 이렇듯 밝게 빛나고 있었는데 이제 싯다르타의 얼굴에도 같은 미소가 밝은 빛을 내고 있었다. 그의 상처에서 꽃이 피어나고, 그의 고통이 빛을 발하고, 그의 자아가 단일성 속으로 흘러들어 갔다.

그 순간 싯다르타는 운명과 싸우는 일을 그만두고 번민도 그만두었다. 그의 얼굴에는 깨달음의 기쁨이 피어났다. 어떤 의지에도 더 이상 그것에 맞서지 않는, 완성을 알고, 사건의 강, 삶의 강물과 하나가 되어, 함께 슬퍼하고 함께 기뻐하며 강물에 몸을 맡기고 단일성 속으로 들어가게 되었다.

바수데바가 강가의 앉은 자리에서 일어났는데, 그때 싯다르타의 눈에서 깨달음의 기쁨이 빛나는 것을 보고 부드럽게 그의 어깨를 짚으며 말했다. "사랑하는 친구, 나는 이 시간을 기다렸습니다. 이제 때가 되었습니다. 나는 떠납니다. 오랫동안 나는 이 시간을 기다렸습니다. 오랫동안 나는 사공 바수데바였습니다. 이제 됐습니다. 잘 있거라, 오두막이여. 잘 있거라, 강이여. 안녕히계시오, 싯다르타."

싯다르타는 떠나는 친구에게 깊이 머리 숙였다.

"알고 있었습니다." 그가 나지막이 말했다. "숲으로 가십니까?"

"숲으로 들어갑니다. 단일의 세계로 갑니다." 바수데바가 빛에 싸여 말했다.

빛을 발하며 그는 멀리 사라졌다. 싯다르타는 그를 오래 바라보았다. 한편으로는 기쁘고 한편으로는 엄숙한 마음으로 그는 평화로 가득한 그의 발길을, 광휘로 빛나는 그의 머리를, 빛으로 가득한 그의 모습을 전송했다.

고빈다

고빈다는 언젠가 휴식기 동안에 다른 승려들과 함께 기생 카말라가 고타마의 제자에게 시주한 정원에 머문 적이 있었다. 그는 그곳에서 하룻길 떨어진 강가에 살면서 많은 사람들에게 현자로 존경받은 어느 늙은 사공에 관한 이야기를 들었다. 휴식을 끝내고 순례를 계속하게 되자 고빈다는 사공을 만나고 싶은 욕심으로 나루터로 가는 길을 택했다. 평상시에 계율을 지키는 생활을 해왔고, 겸손함으로 같은 또래의 나이 지긋한 승려들로부터 존경을 받았지만 그의 마음속에는 여전히 불안과 모색의 불길이 꺼지지 않는 때문이었다.

강가에 이르러 그는 노인에게 강을 건네주도록 부탁했고 건너편에 이르러 배에서 내릴 때 그에게 이렇게 말했다. "당신은 우리 승려들하고 순례자들에게 좋은 일을 많이 하시는군요. 우리들 중 많은 사람들을 건네다 주셨지요. 사공님, 당신께서도 옳은 길을 찾고 계신 구도자가 아니신가요?"

늙은 두 눈에 웃음을 담고 싯다르타가 말했다. "스님, 당신 자신을 구도자라고 생각하십니까? 당신은 고령이고 고타마의 승복을 입고 계시지 않습니까?"

"네. 나는 늙었습니다." 고빈다가 말했다. "그렇지만 아직도 나는 구도를 중단하지 않았습니다. 앞으로도 멈추지 않을 것입니다. 그것이 제 사명 같습니다. 그런데 당신 역시 제가 보기엔 구도의 길을 걸어오신 것 같습니다. 고매하신 분, 저한테 한 말씀해주십시오."

싯다르타가 말했다. "스님, 나 같은 사람이 무슨 할 말이 있겠습니까. 혹시 스님께서 너무 지나친 것을 구하는 것 아닐까요? 구하기에 전념한 나머지 결국 찾지 못하는 것이 아닐까요?"

"어떻게 그런가요?" 고빈다가 물었다.

"누구나 구할 때는," 싯다르타가 말했다. "눈이 단지 구하는 것만 찾느라고 아무것도 발견하지 못하고, 아무것도 안에 받아들이지 못하기 쉽습니다. 항상 구하는 대상만을 생각하고 하나의 목표를 가지고 그 목표에 사로잡힌 까닭입니다. 구한다는 것은 목표를 가진다는 것입니다. 찾아낸다는 것은 자유로운 상태, 열린 상태, 아무런 목표를 갖고 있지 않은 것을 의미합니다. 스님, 당신은 구도자인 것 같습니다. 목표에 급급한 나머지 바로 당신 눈앞에 있는 많은 것을 보지 못하고 있으니 말입니다."

"아직도 다 알아듣지 못했습니다." 고빈다가 간절히 말했다. "도대체 무슨 말인지요?"

싯다르타가 말했다. "스님, 언젠가 여러 해 전에 스님께서는 이 강가에 온 적이 있습니다. 그리고 강가에서 자고 있는 사람을 보고 그가 잠자는 것을 지켜주려고 옆에 자리 잡고 앉았지요. 고빈다, 그대는 잠자고 있는 그 사람을 알아보지 못했지요."

승려는 마치 마법에 홀린 듯 놀라서 사공의 눈을 들여다 보았다.

"싯다르타 아닌가요?" 떨리는 음성으로 그가 물었다. "이번에도 하마터면 알아보지 못할 뻔했습니다. 싯다르타, 정말로 반갑습니다. 다시 만나게 되어 기쁘기 그지없습니다. 그동안 많이 달라졌네요, 친구. 그러니까 그대는 사공이 되었군요."

싯다르타가 다정하게 웃었다. "예, 사공이 되었소이다. 고빈다, 사람들 가운데는 피치 못할 사정으로 많이 달라질 수밖에 없고, 여러 가지 옷을 입을 수밖에 없는 사람들이 있습니다. 나도 그런 사람들 중의 하나입니다, 친구. 반갑습니다, 고빈다. 오늘밤은 내 오두막에서 묵으십시오."

고빈다는 그날 밤 오두막에 머물며 바수데바가 전에 쓰던 잠자리에서 잠을 잤다. 그는 젊은 날의 친구에게 많은 질문을 했고, 싯다르타는 자신이 살아온 많은 이야기를 해주어야만 했다.

다음 날 아침 일정에 따라 순례의 길을 떠날 때가 되자 고빈다는 조금 망설이다가 마침내 입을 열었다. "나의 길을 떠나기 전에 한 가지 묻는 것을 허락해 주시오, 싯다르타, 그대는 어떤 가르침을 가지고 있지요? 살아가고 올바로 행동하는 데 도움을 주는, 혹시 추구하는 어떤 가르침이나 지식이 있습니까?"

싯다르타가 말했다. "친구여, 그 옛날 젊은 시절 우리가 숲 속의 수행자들과 함께 생활할 때 내가 가르침이나 스승들을 불신하여 등을 돌린 것을 그대도 잘 알고 있지 않습니까? 지금까지도 내 생각은 달라지지 않았습니다. 그 후 나는 많은 스승을 만났습니다. 아름다운 기생이 오랫동안 나의 스승이었고, 부유한 어느 상인이 나의 스승이었으며, 몇몇 주사위 노름꾼들도 나의 스승이었습니다. 언젠가 한번은 순례하던 붓다의 제자도 나의 스승이었습니다. 그는 순례하는 도중에 숲에서 잠든 내 곁에 앉아 있었지요. 나는 그에게서도 배웠고 그에게 고마움을, 정말로 고마움을 느끼고 있습니다. 하지만 나는 이 강에서, 그리고 내가 사공 일을 하기 전에 이 일을 하던 전임자 바수데바한테서 가장 많이 배웠습니다. 바수데바라는 아주 소박한 사람으로 사상가는 아니었지만 그는 고타마에 못지않게 필연적인 것을 알고 있었습니다. 그는 완성자, 성자였습니다."

고빈다가 말했다. "싯다르타, 그대는 아직도 전처럼 농담을 좋아하십니다. 그렇습니다. 그대의 말을 믿고, 그대가 결코 어떤 스승도 뒤따른 일이 없다는 것을 잘 압니다. 하지만 가르침은 아니라도 어떤 사상, 혹은 인식을 발견하여 그것을 자신의 것으로 만들어서 사는 데 도움을 받은 것 아니십니까? 만약 그런 것에 관해 조금이라도 말씀해 주신다면 나는 진심으로 기쁠 것입니다."

싯다르타가 말했다. "나는 사상을 가져보았고, 그렇습니다, 이따금씩 인식을 소유한 적도 있어요. 가끔, 한 시간 혹은 하루 정도 마치 사람들이 가슴에서 생명을 느끼듯이 내 가슴 속에 지식이 살아있음을 느끼곤 했습니다. 그것은 몇 가지 사상인데, 그것을 그대에게 전달하는 일이 나로서는 힘든 일 같습니다. 고빈다, 내가 습득한 사상 중의 하나는 지혜라는 것이 남에게 전달될 수 없다는 것입니다. 아무리 현명한 사람이 전달해도 지혜란 일단 전달되면 바보 같은 소리로 들립니다."

"농담이지요?" 고빈다가 물었다.

"농담이 아닙니다. 나는 내가 깨달은 사실을 말하고 있는 것입니다. 지식은 전달할 수가 있지만 지혜는 전달할 수가 없습니다. 우리는 지혜를 찾아낼 수 있고, 체험할 수 있고, 지니고 다닐 수 있고, 지혜로 기적을 행할 수 있지만, 지혜를 말하거나 가르칠 수는 없습니다. 이런 사실을 나는 젊은 시절부터 예감했고 그 때문에 스승들을 떠났습니다. 나는 한 가지 생각에 도달하게 되었습니다. 고빈다. 그 생각이 무엇인지 내가 말하면 그대는 그것을 또 농담, 어리석은 말이라고 하겠지만 그 생각은 나에게는 최고의 생각인 것 같습니다. 내가 깨달은 생각이란 모든 진리는 그 반대도 역시 진리라는 것, 즉 진리는 오직 일면적일 때만 말로 표현할 수가 있고, 말 속에다 담을 수 있다는 것입니다. 생각할 수 있고 언어로 표현할 수 있는 모든 것은 일면적인 것이고 반쪽으로, 전체, 둥근 것, 단일한 것이 못 됩니다. 그래서 지존 고타마께서 세상에 관해서 가르치실 때 세상을 윤회와 열반, 미망과 진실, 번뇌와 해탈로 나눌 수밖에 없었던 것입니다. 다르게는 안 되기 때문입니다. 가르치려면 다른 방도가 없어요. 하지만 세계 자체, 우리를 에워싸고 있고 우리 마음 내면에 존재하는 것 그 자체는 결코 일면적인 것이 아닙니다. 한 인간이 한 행위가 전적으로 윤회거나 전적으로 열반인 경우는 결코 없고, 인간이 완전히 신성하거나 완전히 죄악으로 가득한 경우도 없습니다. 그런데도 그렇게 보이는 것은 우리가 시간을 실제로 존재하는 것으로 착각하고 있기 때문입니다. 시간은 실제로 존재하는 것이 아닙니다, 고빈다. 나는 이것을 여러 번 거듭 경험했습니다. 그리고 시간이 존재하지 않는 것이라면 현세와 영원 사이, 번뇌와 행복 사이, 선과 악 사이에 가로 놓인 것처럼 보이는 간격은 결국 착각입니다.”

“어떻게 그럴 수가 있습니까!” 고빈다가 불안해서 물었다.

“잘 들어 보십시오, 친구, 잘 들어 봐요. 죄인은 나도, 그대도

죄인입니다. 그러나 그 죄인이 언젠가는 다시 브라흐마가 되고 붓다가 될 것입니다. 이것을 알아두십시오. 이 '언젠가'라는 것은 착각이고, 다만 비유에 불과 하다는 것 말입니다. 죄인은 붓다가 되는 과정에 있지 않다는 것, 죄인은 과정 속에 있는 것이 아니란 것입니다. 비록 우리의 사유가 만사를 달리 생각할 줄 모르지만 말입니다. 그렇습니다, 죄인 속에 붓다가, 미래의 붓다가 지금 오늘에 존재하고 있습니다. 그의 미래는 모두 이미 그의 안에 깃들어 있습니다. 그러니 그대는 그의 안에서, 그대 안에서, 모든 사람 안에서 형성 중인, 가능성을 가진, 숨겨진 붓다를 존경해야만 합니다. 고빈다여, 세계는 불완전한 것이 아니며, 완전한 것으로 서서히 형성되어 가고 있는 도중에 있지도 않습니다. 아닙니다, 세계는 매 순간마다 완전합니다. 모든 죄는 이미 그 안에 은총을 품고 있고, 모든 어린아이는 이미 백발노인을, 모든 젖먹이는 이미 죽음을, 모든 죽어가는 사람들은 이미 영원한 삶을 가지고 있습니다. 누구의 인생 행로에서 얼마나 나아가 있는지 말할 수 없습니다. 도둑과 노름꾼 안에 붓다가 있고, 브라만 안에 도둑이 있기 때문입니다. 깊은 명상에서는 시간을 지양할 수 있으며, 모든 존재했던, 존재하고 있는, 그리고 형성 중인 삶을 동시에 보는 것이 가능하고, 그렇게 되면 모든 것이 선하게, 모든 것이 완전하게, 모든 것이 브라만이 됩니다. 그래서 내게는 존재하는 것은 선이고, 죽음이 삶과, 죄악이 신성함과, 지혜가 어리석음과 같은 것으로 보입니다. 모든 것은 분명히 그렇고, 나의 동의, 나의 응낙, 그리고 나의 다정한 이해만을 필요로 할 뿐, 그것은 나에게 좋고 결코 해를 줄 리가 없습니다. 나는 육신의 경험과 영혼의 경험으로 이 세상을 혐오하는 것을 그만두는 것을 배우기 위해서, 이 세상을 사랑하는 법을 배우기 위해서, 이 세상을 더 이상 내가 바라는 그런 세상, 내가 상상하는 세상, 내가 머릿속으로 생각하는 일종의 완벽한 상태와 비교하는 것이 아니라 세상을 있는 그대로, 세상 자체로 사랑하기 위해서, 그리고 기꺼이 세상의 일원이 되기 위해서 내가 죄악을 필요로 했음을, 내가 관능적 쾌락, 물질적인 탐욕, 허영을 필요로 했음을, 가장 수치스런 절망 상태까지도 필요로 했음을 알게 되었습니다. 고빈다, 이것이 내 마음속에 떠오른 생각 중의 몇 가지입니다."

싯다르타는 몸을 굽혀 땅에서 돌 한 개를 집어 손에 넣고 흔들었다.

"여기 이것은," 그가 돌을 흔들면서 말했다. "돌입니다. 이 돌은 일정한 시간이 지나면 아마 흙이 될 것이고 그 흙에서 식물, 아니면 짐승이나 사람이 생겨날 것입니다. 과거라면 나는 이럴 때 이렇게 말했을 겁니다. '이 돌은 단지 돌일 뿐 아무런 가치가 없는 것이며 그것은 마야의 세계에 속하지만 순환적인 변화를 거치면서 인간이 될 수도 있고 정신이 될 수도 있을 것이다. 그런 이유에서 나는 돌에도 가치를 부여한다.' 과거라면 아마 나는 그렇게 생각했을 것입니다. 그러나 오늘 나는 이렇게 생각합니다. '이 돌은 돌이다. 그것은 짐승이기도 하고 신이기도 하고 또한 붓다이기도 하다. 내가 이것을 사랑하고 존중하는 것은 앞으로 그것이 언젠가 이런 저런 것이 될 수 있기 때문이 아니라, 오래전에도, 그리고 언제나 그것은 모든 것인 까닭이다.' 그것이 돌이라는 것, 지금 그리고 오늘 나에게 그것이 돌로 보인다는 것, 바로 그런 것 때문에 나는 그것을 사랑하고, 돌의 갖가지 줄무늬와 움푹한 구멍 하나하나, 노랑 혹은 회색의 빛깔, 돌의 단단한 정도, 두드릴 때 돌이 내는 소리, 건조하거나 젖은 돌의 표면 같은 것에서 나는 돌의 가치와 의의를 발견하게 됩니다. 만져보면 촉감이 기름이나 비누처럼 미끄러운 것도 있고 나뭇잎 같은 것도, 모래 같은 것도 있습니다. 모든 돌맹이는 각기 독특한 것으로 각기 나름대로의 방식으로 옴을 말하고 있으니 모든 돌 하나하나 브라만인 셈이지만 그와 동시에 돌은 돌이기도 하여 기름 같거나 비누 같은 느낌을 주기도 합니다. 바로 이 점이 내 마음에 들고, 나에게는 경이롭고 경배할 만한 가치가 있는 것으로 보입니다. 하지만 이제 더 이상 이 문제에 관해 이야기하지 않으렵니다. 말은 신비로운 의미를 훼손시킵니다. 말로 표현하면 즉시 변색되고 어리석게 됩니다. 그렇습니다. 어떤 사람에게는 보배, 지혜인 것이 다른 사람한테는 항상 어리석은 말로 들린다는 것 역시 나는 좋고 마음에 들어서 거기에 동의합니다."

묵묵히 고빈다는 귀를 기울였다.

"무슨 이유에서 저한테 돌 이야기를 하시나요?" 잠시 후 그가 머뭇거리면서 말했다.

"특별한 의도는 없습니다. 아니면 아마 내가 그 돌을, 그 강을, 그리고 더 나아가 우리가 관찰을 통해 배울 수 있는 이 모든 사물을 사랑하고 있다는 의미인지도 모르겠습니다. 하나의 돌을 나는 사랑할 수 있습니다, 고빈다. 그리고 나무 한 그루, 나무껍질 하나도 사랑할 수 있어요. 그런 것들은 사물이고 우리는 사물을 사랑할 수 있습니다. 하지만 말은 사랑할 수가 없습니다. 그 때문에 가르침이 나에게 아무런 의미가 없습니다. 가르침은 가르침이라는 것 외에는 아무런 단단함도, 아무런 부드러움도, 아무런 색깔도, 아무런 둘레도, 아무런 냄새도, 아무런 맛도 가지고 있지 않습니다. 그대가 마음의 평화를 얻지 못하게 방해하는 것은 아마도 이것, 수많은 말일 것입니다. 그 이유는 해탈이나 덕, 윤회나 열반도 순전히 말에 지나지 않기 때문입니다, 고빈다. 열반이라는 것 그런 것은 존재하지 않습니다. 열반이라는 말만이 존재할 뿐입니다."

고빈다가 말했다. "친구여, 열반이 말에 불과한 것은 아니지요. 그것은 사상(思想)입니다."

싯다르타가 말을 이었다. "사상일지도 모릅니다. 사랑하는 친구, 그대에게 고백하지 않을 수 없군요. 나는 사상과 말을 별로 구별하지 않습니다. 솔직히 말해 나는 사상을 대수롭지 않게 생각합니다. 나는 사물을 더 소중하게 여깁니다. 예컨대 여기 이 나룻배에는 한 사람, 나의 전임자이자 스승이던 성스런 사람이 살았는데, 그는 오랜 세월 동안 강 이외의 다른 것은 아무것도 믿지 않았습니다. 그는 강물의 목소리가 그에게 이야기를 한다는 것을 알아냈고, 거기서 배움을 얻었습니다. 강물의 목소리가 그를 교육하고 그를 가르친 것입니다. 그에게 강은 신처럼 여겨졌지요. 그는 오랫동안 바람 하나, 구름 하나, 새 하나, 딱정벌레 하나가 제각기 자신이 숭배하는 강물과 마찬가지로 신성할 뿐 아니라 강물과 똑같이 많은 것을 알고 있고 많은 것을 가르쳐줄 수 있다는 사실을 모르고 지내왔습니다. 하지만 숲속으로 들어갈 때 그 성자는 모든 것을 알게 되었습니다. 스승이나, 책 없이 그는 그대나 나보다 많은 것을 알게 되었습니다. 이유는 단 한 가지 그가 강을 믿은 때문입니다."

고빈다가 말했다. "하지만 그대가 사물이라고 부르는 것이 과연 실제의 것, 본질적인 것인 것일까요? 그것이 마야의 미망, 심상이나 가상에 불과한 것은 아닐까요? 그대가 말하는 돌, 나무, 강, 이런 것이 과연 실제의 것일까요?"

"그것 역시,"라고 싯다르타가 말했다. "나에게는 별로 중요하지 않습니다. 그 사물들이 가상이든 아니든 그것은 별 문제가 아닙니다. 만약 그 사물이 가상이라면 실상 나 역시 가상적 존재이고, 그 사물들은 나와 같은 것입니다. 그것 때문에 나에게는 사물이 그토록 사랑스럽고 숭배할 가치가 있는 것으로 여겨집니다. 그 사물들이 나와 같은 것이기 때문이지요. 그래서 나는 그런 것들을 사랑할 수 있습니다. 그대가 이 가르침을 웃을지 모르겠네요. 고빈다, 사랑이야말로 나한테는 무엇보다도 중요하게 생각됩니다. 이 세상을 들여다보는 것, 설명하는 것, 경멸하는 일은 위대한 사상가가 할 일일 것입니다. 하지만 나에게는 이 세상을 사랑할 수 있는 것, 이 세상을 경멸하지 않는 것, 이 세상과 나를 미워하지 않고 세상과 나와 모든 존재를 사랑, 경탄, 외경심을 가지고 바라볼 수 있는 것만이 중요합니다."

"알겠습니다." 고빈다가 말했다. "하지만 그분, 세존께서는 미망으로 인식하셨지요. 그분이 말씀하는 것은 호의, 아끼는 마음, 연민과 인내입니다. 사랑은 아닙니다. 그분은 우리의 마음이 세속적인 것에 대한 사랑에 얽매이는 것을 금했습니다."

"알고 있습니다." 싯다르타가 말했다. 그의 미소는 황금빛으로 빛났다. "고빈다, 나도 알고 있습니다. 보십시오. 우리는 의견의 밀림 속에서 말 때문에 논쟁하고 있습니다. 이렇게 논쟁하는 것은 내가 사랑에 관해 한 말이 고타마가 하신 말씀과 모순된다는 것을, 겉으로 보면 모순된다는 것을 부인할 수 없기 때문입니다. 바로 그런 이유에서 나는 말을 그토록 불신하는 것입니다. 왜냐하면 나의 말과 고타마의 말씀이 실제로는 모순되는 것이 아니고 착각 때문에 모순으로 보인다는 것을 내가 아는 때문입니다. 나는 내가 고타마와 같은 의견이라는 것을 압니다. 그분이 어떻게 사랑을 모르겠습니까. 무릇 인간 존재라는 것이 덧없고 허무하다는 것을 인식하셨고 그럼에도 인간을 그토록 사랑하셔서 고행으로 가득한 평생 동안 오로지 인간 중생을 돕고 가르치는 데 온 힘을 쏟으신 분 아닙니까! 그대의 위대한 스승, 그분에게서도 나는 말보다 사실이 더 중요하고, 행위와 삶이 말씀보다 더 소중하며, 그분의 손짓이 그분의 사상보다 더 중요합니다. 나는 그분의 위대성이 말씀이나 사상에 있는 것이 아니라 오직 그분의 행위, 삶에 있다고 생각합니다."

오랫동안 두 노인은 아무 말이 없었다. 드디어 고빈다가 작별 인사를 하면서 이렇게 말했다. "싯다르타, 그대의 사상을 말해 주어 감사합니다. 부분적으로 특이한 사상이어서 즉시 전부를 이해 할 수는 없군요. 그렇긴 해도 감사할 따름이고, 내내 평안한 날 보내기 바랍니다."

(마음속으로 그는 이렇게 생각했다. 이 싯다르타는 별난 인물로 기이한 사상을 말하고 있고 그의 사상은 어리석게 들린다. 그와 달리 세존의 순수한 가르침은 더 선명하고 더 명확하고 더 알아듣기 쉽고 그 가르침에

는 기이한 것, 바보스런 것, 우스꽝스런 것이라고는 전혀 없다. 그런데 싯다르타의 손과 발, 두 눈, 이마, 숨결, 미소, 인사, 걸음은 그의 사상과는 달라 보인다. 우리의 거룩한 세존 고타마께서 열반에 드신 이래 한 번도, 그이후 결코 한 번도 나는 이 사람이야말로 성인이다라는 느낌을 받은 적이 없다. 이 싯다르타만이 그렇다. 비록 그의 가르침이 기이하고 그의 말이 어리석게 들리기는 해도 그의 시선, 손, 피부, 머리카락, 몸의 각 부분이 순수의 빛을 발하고 평안함, 명랑함과 온유함, 신성함의 빛을 발한다. 이런 것은 거룩한 스승께서 입멸하신 후 어떤 사람에게서도 보지 못한 것이다.)

고빈다가 이런 생각을 하는 동안 마음속에는 갈등이 일고 있었다. 사랑에 이끌려 그는 다시 싯다르타에게 몸을 굽혀 인사했다. 조용히 앉아 있는 그에게 깊이 숙여 절을 했다.

"싯다르타," 그가 말했다. "우리는 노인이 되었습니다. 우리가 이런 형상으로 서로 다시 보기는 어려울 것입니다. 사랑하는 벗이여, 그대 모습을 보니 이미 안식을 얻은 것을 알겠습니다. 고백하지만 나는 아직 그것을 얻지 못했습니다. 존경하는 벗이여, 나한테 한마디만 더 해주십시오. 내가 파악할 수 있는 말, 내가 이해할 수 있는 말을 해주십시오. 내가 가는 길에 대해 말을 좀 해주십시오. 싯다르타, 내 길은 종종 힘겹고, 종종 암담합니다."

싯다르타는 아무 말도 하지 않고 여전히 잔잔한 미소를 띤 채 그를 바라보았다. 고빈다는 불안한 마음, 동경하는 마음으로 싯다르타의 얼굴을 응시했다. 고빈다의 시선에는 고뇌와 영원히 영영 찾을 수 없는 길에 대한 모색이 드러났다.

그것을 보며 싯다르타가 미소 지었다.

"나한테 다가오십시오." 고빈다의 귀에 대고 그가 나지막하게 속삭였다. "이쪽으로 다가 오십시오. 네, 더 가까이! 아주 가깝게! 고빈다, 내 이마에 입을 맞춰 주어요, 고빈다."

고빈다는 이상하게 생각하면서 위대한 사랑과 예감에 이끌려 싯다르타의 말대로 그에게로 몸을 바짝 숙인 채 이마에 입술을 댔다. 그러자 고빈다에게 불가사의한 일이 일어났다. 고빈다는 여전히 조금 전에 싯다르타가 한 기이한 말을 생각하면서 여전히 헛되게, 그리고 거부감을 가지고 시간의 관념을 지양해 보려고 열반과 윤회를 하나로 생각해 보려고 애를 쓰고 있었다. 그의 내면에는 심지어 친구 싯다르타가 한 말에 대한 경멸감이 그에 대한 엄청난 사랑, 외경심과 경쟁하고 있었다. 이런 상태에서 다음과 같은 불가사의한 일이 일어났다.

그의 눈에는 친구 싯다르타의 얼굴이 보이지 않고 그 대신 다른 얼굴들이 보였다. 수많은 얼굴들이 길게 일렬로 나타났는데 수백, 수천의 얼굴들이 유유히 흐르는 강물처럼 왔다가 다시 흘러갔다. 그렇지만 그 모든 얼굴들이 동시에 현존하는 것 같았다. 모든 얼굴은 끊임없이 얼굴을 바꾸어 새롭게 변했는데, 그것 모두가 싯다르타의 얼굴이었다. 그는 물고기의 얼굴, 무한

한 고통을 못 이겨 입을 벌리고 있는 잉어의 얼굴, 흐려진 눈빛을 하고 죽어가는 물고기의 얼굴을 보았다. 그는 갓 태어난 아기의 얼굴도 보았는데 온통 주름이 가득한 붉은 핏덩이 모습으로 당장 울음을 터트리려는 듯이 얼굴을 찡그리고 있었다. 살인자의 얼굴도 보았는데 그는 어떤 사람의 몸에 칼을 찌르고 있었다. 바로 같은 순간 그 범죄자가 묶인 채 무릎을 꿇고 있고, 그의 머리가 처형자의 칼에 잘려나가는 것도 보았다. 벗은 채 온갖 체위로 뜨거운 사랑의 사투를 하는 남녀들의 몸도 보았다. 쭉 뻗은 채 조용히, 차갑게, 공허하게 누워있는 시신도 보았다. 산돼지, 악어, 코끼리, 황소, 새의 머리 같은 온갖 짐승의 머리도 보았다. 그는 신들의 모습도 보았는데 크리슈나[42]를 보고 아그니[43]도 보았다. 그는 이 모든 형상들과 얼굴들이 각각 서로 도우며, 사랑하며, 미워하며, 파멸시키며, 새로운 생명체를 잉태시키며 서로 수천 가지 관계를 맺고 있는 것을 보았다. 그 형상들과 얼굴이 모두 일종의 죽음에의 의지, 덧없음에 대한 무척이나 고통스런 고백이었다. 하지만 죽은 것은 하나도 없었다. 그것들 모두는 모습을 바꾸면서 끊임없이 새롭게 태어나고

---

42 Krischna: 힌두교 서사시 마하바라타의 영웅으로 비슈누의 여러 화신 중 하나로 여겨진다.
43 Agni: 불의 신으로 예로부터 아그니는 천상(天上)의 신들에게 제물을 운반하는 신이라고 여겨 신과 사람의 중개자 또는 신들의 안내자라고 믿었다.

그때마다 끊임없이 새로운 모습의 얼굴을 했다. 하나의 얼굴과 다른 얼굴 사이에는 시간이 놓여 있지 않은 것 같았다. 이 모든 형상들과 얼굴들은 멈추어 서기도 하고 흘러가기도 하고 새로 만들어지기도 하고 떠내려가기도 하다가 마침내 서로 뒤섞여 하나가 되어 도도히 흘러가는데, 이 모든 것 뒤에는 언제나 무엇인가 얇은 것, 실체는 없지만 그래도 존재하는 무엇이 덥혀 있었다. 얇은 유리나 얼음처럼, 마치 투명한 껍질, 물로 된 표면이나 형태 혹은 가면과도 같았다. 그 가면은 미소 짓고 있었는데 그것은 바로 미소 짓는 싯다르타의 얼굴이었고, 고빈다 그가 바로 그 순간에 입술을 대고 있는 싯다르타의 얼굴이었다. 고빈다는 가면의 이 미소, 흘러가는 형상들에게 보내는 단일성의 이 미소, 수천의 태어남과 죽음에 대한 동시성의 이 미소, 싯다르타의 이 미소야말로 자신이 수백 번이나 경외심을 품고 우러러보았던 바로 붓다의 미소와 하나도 다르지 않다는 것을, 완전히 똑같은 미소라는 것을 알게 되었다. 싯다르타의 미소는 붓다 고타마의 미소, 한결같고 잔잔하고 우아하고 측량할 길 없이 불가사의하고, 자비로운 듯하고 조소하는 듯하기도 하며 현명하고 그 의미를 가늠하기 힘든 신비한 미소와 똑같았다. 완성을 이룬 사람들이 이렇게 미소한다는 것을 고빈다는 알고 있었다.

시간이 존재하는지, 이런 직관이 일 초인지 아니면 백 년 지속된 것인지 알지 못한 채, 싯다르타가 존재하는지, 고타마가 존재하는지, 너와 내가 존재하는지 아닌지 알지 못한 채, 마치 신성한 화살에 깊게 맞아 상처를 입었는데 그 상처가 달콤한 것처럼, 마음속 깊은 곳이 마법에 걸려 녹아 버린 것처럼 고빈다는 한참 동안 자기가 조금 전에 입을 맞추었고 조금 전까지만 해도 모든 형상들과 생성과 모든 존재의 무대였던 싯다르타의 고요한 얼굴 위에 몸을 굽힌 채 서 있었다. 표면 아래에서 수천 길의 깊이가 다시 닫히고 나서도 그는 조용히, 나지막하고 부드럽게, 어쩌면 자비로운 것 같기도 하고 어쩌면 조소하는 것 같기도 한 미소를 하고 있었다. 그분, 세존 고타마과 똑 같은 미소였다.

고빈다는 허리를 굽혀 절을 했다. 알 수 없는 눈물이 나이든 그의 얼굴에 흘러내렸고 그의 가슴 속에서는 진정에서 우러난 사랑의 감정, 겸허한 존경의 감정이 뜨겁게 타올랐다. 그는 꼼작않고 앉아있는 싯다르타에게 머리가 땅에 닿도록 허리 굽혀 절을 했다. 싯다르타의 미소는 고빈다로 하여금 지금까지 사랑했던 모든 것, 그동안 가치 있고 신성했던 모든 것을 떠오르게 했다.

후기

박광자

《싯다르타Siddartha》는 1919년에서 1922년에 걸쳐 스위스의 몬타뇰라에서 집필되었는데 '인도의 작품'이라는 부제를 가지고 있다. '제1부'는 로망 롤랑에게 헌정 되었고, '제2부'는 외사촌이자 일본학 학자인 빌헬름 군데르트에게 헌정되었다. 헤세는 부모가 인도에서 선교사를 했기 때문에 어려서부터 인도와 친숙했지만 1911년에야 소위 '인도 여행'을 떠날 수 있었다. 하지만 그 여행은 말레이시아와 스마트라까지였고, 건강 때문에 막상 인도에는 가지 못한 것으로 알려져 있다. 이 여행의 결과는 실망스러웠는데 이유는 그가 동양에서 기대했던 것, 내적인 변화나 구원이 지리적인 여행을 통해서 얻을 수 있는 것이 아닌 때문이었다.

인도 여행 후 거의 10년이 지나서 쓴 《싯다르타》는 평생에 걸쳐 자기 구현의 길을 간 싯다르타의 생애를 그리고 있는데, 초기작인 《데미안》이 그 종결 부분에서 여러 가지 해석이 가능한 것과는 달리 싯다르타의 자기 구현 과정은 명료한 발전의 단계와 그 종결을 보여주고 있다.

1. 싯다르타의 자기 구현의 과정

1) 설법의 세계

청년 싯다르타는 밝은 장래가 약속된 특출한 청년이다. 그러나 다른 사람들의 경탄이나 기대와 달리 그의 마음에는 평화가 없다. 고행자인 사마나들의 무리가 고향에 나타나자 그는 아버지의 만류에도 불구하고 그들을 따라 나선다. 친구인 고빈다와 함께 싯다르타는 3년 동안 사마나들과 지내면서 지혜를 얻기 위해서 노력한다. 그러나 세월이 흐름에 따라 그는 사마나들의 고생이 "자아로부터의 도피, 자아의 번뇌로부터 일시적으로 도주하는 것, 생의 고통과 무의미에 대한 잠시 동안의 마취"라는 것을 깨닫는다. 붓다의 명성을 듣게된 싯다르타는 고빈다와 함께 붓다를 찾아간다. 그러나 설법을 듣고 붓다의 제자가 되기로 결심하는 고빈다와는 달리 싯다르타는 붓다가 구원을 찾은 것은 그 자신만의 방법으로 이룬 것이며 지혜는 설법을 통해서 배울 수 없다고 판단한다. 싯다르타는 "혼자서 목표에 도달할 것이며, 만약 그러지 못하면 죽고 말 것이다."라고 말한다.

이상이 싯다르타가 자기 구현 과정의 제1단계에서 경험하는 일이다. 그는 고행을 통해 지혜를 구하기 위해서 노력했지만 거기서 만족스런 해답을 구할 수 없었고 붓다에게 갔지만 완성에 이르는 길은 가르침을 통해서 습득되는 것이 아님을 알고 그를 떠난다. 부모와 스승, 기존의 질서를 모두 거부한 것이다.

《싯다르타》에는 주인공을 제외한 다른 인물들은 극히 피상적으로 묘사되고 있다. 싯다르타의 어머니에 관해서는 어머니가 있다는 정도의 언급밖에 찾아 볼 수 없으며, 아버지 역시 생명력 없이 묘사되어 있을 뿐이다. 가족들은 내적 발전에 깊이 관여하지 못하거나 경우에 따라서는 오히려 부정적인 영향을 미치기까지 한다. 싯다르타에게 영향을 미치고 있는 것은 "한 걸음 뒤에서 따라오고 있는" 고빈다이다. 헤세는 이 작품에서도 남녀간의 사랑을 초월한 두 남자간의 깊은 우정을 보여준다.

2) 감성의 세계

설법의 세계를 나온 싯다르타는 감각을 통해서 세상을 파악하게 된다. 싯다르타는 도시에서 카말라라는 여성을 만나 세속의 생활을 하게 되는데, 카말라를 만나면서 시작되는 싯다르타의 제2의 삶은 수년 후 그가 불현듯 세속을 떠나는 데서 끝이 난다. 그런데 싯다르타의 관능의 생활은 꿈과 관련이 있다. 세속의 생활은 꿈으로 예시되었다가 꿈으로 끝난다. 그 첫 번째 꿈은 싯다르타가 고빈다를 포옹하는 꿈인데, 고빈다를 포옹하고 보니 고빈다가 아니라 어떤 여성이라는 것이다. 이 꿈을 꾼 뒤 싯다르타는 도시로 들어가 카말라를 만나 그녀의 사랑을 얻고 유명한 상인 카마스와미 밑에서 장사를 배우게 된다. 그리고 부자가 되어 카말라와 행복한 생활을 하게 된다. 그러나 수년이 흘러 머리가 희끗희끗해지기 시작하면서 싯다르타는 그런 생활에 대해 혐오감을 느끼게 된다. 세월이 아무리 흘러도 자신은 방관자일 뿐이며 소인들과는 전혀 다르고 우월하다는 생각에서 벗어나지 못한다. 그러던 어느 날 싯다르타는 새가 죽은 꿈을 꾸고 "유희는 끝났다는 것, 이젠 더 이상 유희할 수 없다는 것을 느끼고" 아무에게도 알리지 않은 채 도시를 떠난다.

강가에 선 싯다르타는 깊은 절망감에서 자살하려고 한다. 그때 '옴'이란 말이 그의 귓가를 스치고 이 옴이라는 말과 함께 생의 불멸성과 이제껏 잊고 있던 모든 신적인 것을 다시 느끼게 된다. 싯다르타는 이 순간 깊은 잠에 빠져드는데, 몇 시간 후 죽음과도 같은 깊은 잠에서 깨어난 싯다르타에게 과거는 베일이 내려진 듯 머나먼 것, 끝없이 아득한 것으로 느껴진다. 이 잠은 일종의 치유의 잠이다.

3) 강가에서

싯다르타가 자기를 구현시키는 과정에서 마지막으로 도달한 은총과 구원, 열반의 세계는 그가 삶의 양극성을 종합하고 강을 통해서 세상이 단일한 것임을 배워 붓다와 같은 미소를 갖게 되는 이야기이다. 그런데 그가 이렇게 목표에 도달하게 되는 데에는 사공 바수데바가 큰 역할을 한다.

바수데바가 싯다르타를 가르치는 방식은 강을 통해서 스스로 배우도록 하는 것이다. 사공인 그는 삶의 지혜를 묻는 싯다르타에게 강의 소리에 귀를 기울이라고 말한다. 강은 모든 것을 다 알고 있으며, 강으로부터 모든 것을 다 배울 수 있다고 그는 말한다. 싯다르타가 강에서 배우게 되는 것은 강의 동시성, 즉 강은 "어디서나 동시에 존재하며 (……) 모든 고통과 공포는 시간에서 생기는 것"이기 때문에 시간만 지양하면 모든 과거, 현재, 미래의 삶이 동시적인 것이며, 그럴 때에는 모든 것이 선한 것, 완전한 것, 브라만(汎)으로 보인다는 사실이다. 그는 "세계는 매 순간 완전한 것"임을 깨우치게 된다.

　　싯다르타의 미소는 서서히 사공의 미소와 비슷해져 행복의 빛을 발하게 된다. 그러나 아직 궁극적인 완성에 도달하지 못한 채 싯다르타는 시험을 당하게 되는데, 카말라가 세상을 떠나면서 맡긴 아들로 인해 싯다르타는 인간이기 때문에 괴로워하고, 인간이기 때문에 절망하고, 사랑하기 때문에 바보가 된다. 이 사랑의 시련은 싯다르타로 하여금 그가 멸시하던 소인들과 자신이 조금도 다르지 않음을 깨닫게 한다. 그는 이 시련을 통해서 사랑을 새롭게 인식하게 된다.

　　싯다르타는 강의 수천 가지 소리에 귀를 기울여 듣게 될 때 그것이 옴, 즉 완성이라는 것을 알게 된다. 그는 "모든 죄는 이미 그 안에 은총을 품고 있으며, 모든 어린애 속에는 이미 백발노인이,

모든 젖먹이 속에는 이미 죽음이, 모든 죽어 가는 존재 속에는 이미 영생이 깃들어 있다는" 사실을 알게 된다. 그는 삶의 매 순간 단일을 생각하고, 느끼고, 숨 쉬게 된다. 싯다르타가 이렇게 해탈의 경지에 들어갈 무렵 바수데바가 세상을 떠난다. 그의 죽음은 이제 싯다르타에게 스승이 필요 없음을 뜻한다. 싯다르타는 자기 구현의 최종 목표에 도달하게 되는데, 그런 사실은 친구 고빈다에 의해서 확인된다. 고빈다는 자신이 아직 찾지 못한 평화를 싯다르타가 찾았으며 그가 붓다와 똑같이 미소하고 있음을 발견한다. 완성자 싯다르타는 고빈다의 절을 받는다.

이상에서 살펴보았듯이 《싯다르타》는 《데미안》이나 《황야의 이리》와 달리 주인공이 제3의 단계에 두 발을 완전히 들여놓았음을 확실히 하고 있다. 다시 말해 물을 세계의 단일성에 대한 상징으로 하고 있지만 헤세의 다른 작품들, 즉 《수레바퀴 아래서》의 기벤라트, 《클라인과 바그너》의 클라인, 《유리알유희》의 크네히트 등이 삶의 종말에 익사를 통해서 선과 악의 저편, 시간의 저편으로 들어가는 것과 달리 《싯다르타》의 주인공은 완성자의 죽음을 맞는다. 하지만 《싯다르타》 역시 사회와 아무런 관련도 갖지 못한 채 이야기가 끝나는 것은 마찬가지다.

2.《싯다르타》의 구성

《싯다르타》는 헤세의 다른 어느 작품보다도 내적 구성이 분명하기 때문에 명료하며 간단한 소설이라는 평을 듣는다. 내적 구성이란 앞서 언급한 고행의 생활, 세속의 생활, 단일의 생활이라는 삼단계를 말한다. 반면 외적 구성은 이야기 시간, 이야기된 시간, 사건의 공간, 인물들로 나누어 생각할 수 있다.

《싯다르타》는 외적으로 〈제1부〉와 〈제2부〉로 나뉘어져 있지만 이러한 구분은 주제를 이해하는 데는 별 도움이 되지 못한다. 전체로 보면《싯다르타》는 12개의 장(章)으로 이루어져 있는데 이 장이 오히려 주제를 이해하는 편리한 단위가 된다. 싯다르타의 내적 발전의 삼단계는 각각 4개의 장으로 분할된다. 제1단계는 제1-4장, 제2단계는 제5-8장, 제3단계는 제9-12장으로 정확하게 분류되어 있다. 그리고 네 개의 장들은 분량, 즉 이야기 시간에서도 서로 비슷하다.《싯다르타》에서는 60살까지의 싯다르타의 생애를 이야기하는데, 소설이 시작될 때 싯다르타의 나이는 18살가량으로 추측된다. 그 이전의 약 17년은 소설에서 생략되어 있다. 앞서 우리는《싯다르타》의 내적 발전의 단계를 셋으로 나눈바 있는데 그 각각의 단계는 시간적으로 대략 20년씩 걸린다. 다시 말해 20년을 단위로 해서 제1단계는 스무 살, 제2단계는 마흔 살, 제3단계는 그 후부터 예순 살까지를 서술하고 있다. 그러나 이러한 시간 계산은 시간의 경과가 "수년이 흘렀다"라든가 "흰머리가 났다"는 식으로 불분명하게 언급되고 있기 때문에 극히 조심스럽게 이루어진 계산이다.

《싯다르타》가 60년이라는 삶 전체를 다루고 있다는 점은 성장소설치고는 특이한 점이 아닐 수 없다. 일반적으로 성장소설은 청년기를 그 대상으로 하며《싯다르타》처럼 일생을 그 대상으로 하는 경우는 찾아보기 드물다. 그러나 한편으로 예순 살까지의 생애를 대상으로 한다는 점은 이 작품의 내용과 관련하여 생각해 볼 때는 불가피한 일이다. 《싯다르타》는 대부분의 성장소설 주인공들처럼 세상을 얼마쯤 아는 데서 끝나는 것이 아니라 열반의 경지에까지 이르게 된다. 싯다르타가 열반의 경지에 도달하여 성자가 된다는 사실은 이 소설로 하여금 일종의 전설의 성격을 띠도록 만들고 있다. 싯다르타와 붓다와는 역사적으로 동일 인물이지만 헤세는 그의 소설에서 서로 다른 인물로 설정해 놓고 있다. 이 소설의 역사적 시간은 붓다의 생존 시라고 말할 수 있다. 그러나 붓다를 만나는 장면만이 제시될 뿐 어디에서도 역사적인 시간에 대한 시간 규정은 찾아볼 수 없고 신화적인 세계라는 느낌을 준다.

이 작품의 공간 묘사는 구체성이 없고, 단지 어느 특정한 장소를 지적하는 것에 불과하다. 그러나 사건 장소는 분명히 구분할 수 있다. 싯다르타가 처음 등장하는 공간에서 마지막에 자기 구현을 이루는 공간까지는 장소가 몇 군데에 불과하다. 그는 처음에 집을 떠나 고행자들이 모여 있는 숲에 간다. 거기서 3년가량 보낸 뒤 붓다가 머물고 있는 곳으로 간다. 거기서 이틀을 머문 싯다르타는 강을 건너 도시로 간다. 도시에서 카말라와 약 20년을 보낸 뒤 싯다르타는 갑자기 도시를 떠나 전에 그가 건너왔던 강으로 와 강가에 있는 사공 바수데바의 집에 머문다. 그리고 이 강가에서 열반에 도달한다. 이것이 작품《싯다르타》의 사건, 장소 전부이다

이야기 단위와 관련해서 가장 중요한 장소는 작품의 가운데를 흐르고 있는 강이다. 즉 싯다르타의 내적 발전의 첫 번째 기간은 그가 강을 넘기 이전까지의 시기이며, 제2단계의 기간은 그가 강을 너머 도시에 머무는 동안이며, 제3단계는 그가 도시를 떠나 강으로 돌아와 강가에 머무는 동안이다. 다시 말하면, 싯다르타의 생애 60년 중에서 20년은 '강 이쪽'에서, 다음 20년은 '강 저쪽'에서, 마지막 20년은 '강가에서' 보내는 것이다. 그리고 강이 이처럼 싯다르타의 내적 발전의 단계와 밀접한 연관이 있는 것은 강이 단순한 대상이 아니라 앞서도 언급했듯이 그것이 상징적인 의미가 있기 때문이다. 강은 한편으로는 흐르고 변화하는 것이지만 다른 한편으로는 시간의 극복을 보여준다. 전에 싯다르타가 강 이쪽에 살았을 때 그를 지배한 것은 정신이었고, 강을 건너 강 저편에서 카말라와 함께 보내던 시절에 그를 지배하던 것은 감성이었다. 그러다가 강가에서 살면서 드디어 배우게 된 것은 이 두 세계가 합일된 것, 즉 정신과 감성의 종합이었다.

《싯다르타》에 나오는 인물은 많지 않다. 특히 싯다르타가 자기 구현의 길에서 만나는 사람의 숫자는 몇 명되지 않는다. 그리고 싯다르타 이외의 인물은 40여 년 동안에 성격이 변하지 않는다. 싯다르타와 가장 밀접한 연관을 가진 사람은 친구 고빈다이다. 고빈다는 어려서부터 친구이며 함께 구도의 길을 나선 동료이다. 그러나 고빈다는 부모와 스승의 세계에 대해 별 불만이 없었으며 붓다를 만나자마자 그의 곁에 남아 붓다의 가르침에 따라구도하는 것을 평생의 목표로 삼는다. 고빈다는 싯다르타와는 달리 아무런 내적 발전의 단계를 겪지 않으며, 처음서부터 끝까지 조금도 달라짐이 없이 계속 모색의 도중에 있을 뿐이다. 싯다르타의 생애에 밀접한 연관이 있는 두 번째 사람은 카말라이다. 카말라는 싯다르타의 제2단계에서의 스승이며 동반자이다. 그리고 싯다르타의 제3의 단계에서 영향을 끼치는 사람은 사공 바수데바인데, 바수데바의 지도는 카말라보다도 몇 배 더 영향력이 있다.

완성자의 미소를 띠고 있는 바수데바는 붓다와 마찬가지로 만물의 단일성을 인식하고 그 바탕 위에서 자기 구현을 이룬 사람이다. 그렇기 때문에 싯다르타가 자기 구현이라는 필생의 목적에 점점 더 가까이 가면 갈수록 그의 미소는 바수데바의 미소를 닮아 간다. 그러니까 싯다르타에게 바수데바는 자기 구현의 비밀을 가르쳐 주는 최고의 스승이 되는 셈이다.

3. 동시성과 단일성

싯다르타와 붓다는 원래 한 인물이지만 헤세의 이 소설에는 두 사람으로 분리되어 있다. 출가하여 수행의 길을 가던 청년 싯다르타는 붓다의 설법을 듣고 그의 위대성을 인정하지만 자신의 힘으로 길을 찾기 위해서 세상으로 나아간다. 지성과 학문의 세계를 거부하고 자연의 세계 속으로, 오류 가운데에서 그는 완성의 길로 나아간다. 방황 가운데서 고양된다는 것은 괴테의 사상이자 헤세의 이른바 자기 구현의 삼단계설의 중심이기도 하다.

이 소설에 등장하고 있는 불교에 관한 지식이나 사상은 헤세 자신의 것으로 그것이 얼마나 원래의 불교 사상과 일치되는지는 알 수가 없다. 예컨대 시간의 개념을 지양한 동시성의 개념이나 기독교적, 서구적인 양극성에 대비되는 단일성의 개념은 헤세 자신의 것으로 보인다. 헤세는 융의 동시성 개념을 시간의 지양이라는 의미로 사용하고 있다. 시간의 차원을 벗어나 생각한다면 내가 부처이고, 돌이며, 동시에 도둑일 수 있다는 것이다. 동시성에 관한 싯다르타의 인식은 "모든 죄는 이미 그 안에 은총을 품고 있으며, 모든 어린아이들은 이미 백발노인을 그들 안에 가지고 있고, 모든 젖먹이들은 이미 죽음을, 모든 죽어가는 사람들은 영원한 삶을 가지고 있다"는 이른바 세계의 단일성에 대한 인식과 연결된다. 단일성을 깨닫는 자리에서 객관적인 물리적 시간은 주관적 시간 체험에 의해서 파괴된다. 그리고 그 순간 운명과의 투쟁은 그치게 된다. 싯다르타는 이렇게 말한다. "그리고 내가 그것을 알고 나자 나는 나의 삶을 바라보았는데, 삶 역시 강이었습니다. 소년 싯다르타는 한낱 그림자를 통해서만 어른 싯다르타, 노인 싯다르타와 떨어져 있을 뿐이지 현실을 통해서 떨어져 있는 것이 아니었습니다. 싯다르타의 전생(前生)도 결코 과거가 아니었고, 그의 죽음과 범(梵)으로의 귀환 역시 미래가 아니었습니다." 초기작인 《수레바퀴 아래서》에서 《유리알유희》에 이르기까지 헤세는 강을 이러한 동시성 인식의 장소로 자주 사용하고 있다.

《싯다르타》의 번역본은 《데미안》이나 《나르치스와 골드문트》 (자주 《지와 사랑》으로 번역되었다)에 비해 많이 출간되지 않았다. 본격적인 번역은 1977년 차경아에 의해 시작되어 2002년 박병덕에의한 번역본(민음사)이 마지막으로 알고 있다. 이번의 번역 작업에서 신경을 쓴 것은 독일어 소설에서 독특한 형태인 간접 문장(indirekte Rede)을 일인칭 화법으로 바꾼 것이다. 삼인칭 시점으로 일인칭의 내적 독백을 서술하는 이 간접 문장에 대해서 일인칭으로 번역하는 것이 더 자연스럽다고 평소에 생각해 온 까닭이다. 그리고 《싯다르타》의 부제인 "eine indische Dichtung"은 소박하게 '인도의 작품'으로 번역했다. 인도가 배경인 소설이라는 정도의 의미라고 생각한 때문이다. 각주의 형태로 첨가된 불교에 관한 주석은 많은 부분 인터넷에서 정보를 얻은 것이다. 헤세에 관한 다양한 논문들은 한국 헤세학회가 출간하는 학술지 〈헤세연구〉에서 찾아볼 수 있다.

참고.

박광자: 헤르만 헤세의 소설. 충남대출판부 1998. 75-94쪽

박광자: 헤세의 소설과 융 심리학. 헤세연구 제1집. 1998. 53-76.

메일 주소: http://hesse.german.or.kr/